Hello my dear：

你知道人類社会最終的進化型態是什麼嗎？

是阿姨。

阿姨們並不是一開始就是阿姨的，成為阿姨這件事，它每天每天都在慢慢地發生。好比在沙發上躺下時不由自主的「欸唷」，好比某天醒來很想問某個人：「你偷走的我的靈魂，什麼時候要還給我？」幾個季節過去，也就不再問了。

於是你慢慢成為一個阿姨。

阿姨們無所畏懼，阿姨們勇於面對自己。阿姨們在終點站的車廂裡搖醒你，但不搖醒你的夢。阿姨們當然希望自己為人所愛，但阿姨們更擅長讓別人感覺他們為阿姨所愛。

因為愛不會被窮盡。

凝視阿姨，身為阿姨，成為阿姨，和年齡無關，和性別無關。

成為阿姨是承接的姿勢，承接眼淚和沒能完成的夢想。

阿姨們是資深的少女，也是最懂愛的佈道者。

阿姨們愛過，被傷害過，珍惜那些時刻並永遠不害怕再次去愛。

阿姨們變得勇敢，因此樂於給每一個人擁抱，讓每一個人，都有再愛一次的勇氣。

舉起你的酒杯吧：

敬每一個阿姨，尚未成為阿姨，及即將成為阿姨的，阿姨們。

with lots of love,

[illegible]

2022

每個人心中都有一座島嶼，

藉文字呼息而靜謐，

Island，我們心靈的岸。

阿姨們

(Unorthodox Aunties)

羅毓嘉

【推薦序】

你不知道擦身而過的那人有多複雜／朱宥勳（作家）

《阿姨們》這本散文集，跟我印象中的學姐羅毓嘉很不一樣。

我對學姐的第一印象，是我剛上高一，拿到當年《建中文選》的時候。那一年的新詩組首獎，是一首厲害到非常離譜的長詩：詩作本體是氣勢磅礴的五、六十行，而且每隔幾行就有一個腳註符號。等我讀到詩末，才發現那二十多個腳註，又各是一首四、五行的短詩。所以……這是一首其實內含二十多首詩的詩。如此層層疊疊、互文穿插的形式，讀得我既敬佩且驚惶——這位學姐不過長我幾歲，為什麼可以寫到這個水準？我高中畢業以前，不，哪怕是大學畢業以前，都不覺得自己有機會追得上啊！

這第一印象實在太過深刻，因此我每每讀到羅毓嘉的新作，無論是散文還是新詩，都會回想起曾被那麼厲害的技巧支配的恐懼……我是說，都會特別注意文字裡種種精微的形式操作。然而讀這本新作《阿姨們》，卻意外讓我有返璞歸真之感。複雜的形式設計、柔魅流麗的文字，似乎不是作家最致力經營之處了。相反地，《阿姨們》切入了最平實的「當代日常」，散文裡的敘事者不再是當年揮灑文字如排兵布陣、不可一世的文藝少年，而竟成一名你我身邊每天都會擦身而過的都會上班族。上班族吃麵，上班族加班。上班族因為疫情而不能出國，上班族有戀愛及無法戀愛的煩惱。我一向仰視的學姐，突然有了不必隨時盛裝的成熟與從容，能把最平凡的生活寫出韻味。

平實到，我甚至有了不太禮貌的念頭——莫非書名《阿姨們》，也是成熟從容的學姐在幽自己一默？

不過，這並不是在說這本書簡簡單單、普普通通。相反地，這本書最深刻處，就是呈現了一個「人」的多面性，以及多種面向的交織。不管你之前是否讀過羅毓嘉的作品，都可以用「認識一個人」的心理預期，來讀《阿姨們》。由此，你會先從第一大章讀到一位整天加班、以遊走各處吃麵為紓壓管道的上班族。接著往下讀到第二大章，你會赫然發現：這位整天跟麵店阿姨培養感情的上班族，竟然懷抱著大量關於性少數的故事。這讓人不禁想像：難道他歡快吃麵的時候，心裡其實正迴轉著種種認同關懷與身分難題嗎？然後到了第三大章，這位堅定強烈為性少數發聲、面對幽微身分問題都能敏銳找到針尖的敘事者，突然又一變而充滿了對「老爺」無比依戀、柔情的粉紅泡泡。而在你以為這終究回到「抒情散文」的柔軟調性時，卻發現伴隨著「老爺」故事的，又都是極為當代的大議題：香港、疫情、動盪的金融與政治……

總之，這是一本小可以小到吃食、大可以大到國際的、軟硬相兼的散文集。讀完一整本《阿姨們》，幾乎就像是在體驗「認識一個人可以有多複雜」的過程。它讓我在閱讀完畢之後的幾天內，遇到每個陌生人都疑神疑鬼：莫非，那個坐在我旁邊吃漢堡的人，也有什麼驚人的故事？或者，那個我一直景仰至極的前輩，其實也會在戀愛時對著手機傻笑……？理智上，我知道這沒什麼好「莫非」、「其實」的，一個人本來就有很多面向。但我們很少有機會像是閱讀《阿姨們》一樣，短時間內經歷顛覆再顛覆、交織再交織的認識過程。

然後我就想起來了：當年那首震撼了高一的我、正文與腳註交纏的詩，就叫做〈自傳〉。那時候，學姐透過一首磅礴的詩，讓我看到文學如何複雜地描述「自己」。多年以後，他寫下了《阿姨們》，讓我們看到：光是誠懇地娓娓道來，不必那麼多形式的操作，人生本身就已經足夠複雜了。

【代序】

像不曾被傷害過那樣

她拉開酒吧的木門，腳踏五吋高跟鞋風風火火踩進來，見到我便忙不迭喊，「親愛的好久不見。」她搽著粉紅色的蔻丹，一頭過肩的金髮燙著合宜的捲度，髮梢末端透著些許歷經幾度整燙的毛躁，但掩不住她透出來的興奮神色。她坐下，說，你喝甚麼。沒等我回答，她又說，前幾天這酒吧的酒保給了我一個特製的馬丁尼，滋味好得，你要不要試試？

我說好。當然好。

認識她幾年了？二〇一四吧，頭一次見到她的時候，她還是個「他」。

在職場上，她以極為強悍的作風在業界聞名，偶然聽聞業界傳聞他在公司裡被稱作是——「那個講話開口總是帶刺的潑辣的惡毒老gay，」下一句接著的，則絕對是，「又能怎麼辦呢？他講的話偏偏是那麼一針見血，專案問題在哪裡都給他一句話說完了。」有一次則聽說他在外頭開會，全然不理會業界對正裝要求的潛規則，一襲入時的合身短褲，配上高筒的彩虹長襪與平底鞋，把所有工作成果不盡如人意的對口單位罵過一輪，罵到人啞口無言，摸摸鼻子回去重新做出合規的成果。

所有人都知道他「是gay」，然而他從來都不是gay。一直要到二〇一七年——他才以五十幾歲的年紀，向親朋好友同事從屬，「出櫃」說，他不是「他」，是「她」。

姐姐一般的氣口她要我先試那特製馬丁尼。說，不好喝我找酒保算帳。她還挑了挑眉頭。

不錯吧？她說。老娘推薦的總是不會錯的你看看。

***

她還是他的時候曾與男人交往——其實交往的一直都是男人，但人們看著他只直觀地認為他是男同志。一個典型的，來自舊金山灣區的gay。可他不是，她說，我一輩子都在跟這種「轉變」的時刻奮戰。打從有意識開始，我總覺得被生錯了身體，我以為可以把自己放在男性的身體裡一輩子，可是。可是一切都從這個「可是」開始，年過五十了我想我還有多少時間？人生太短，未來太長，終於誠實面對不應該再這麼下去。

跨出去那步——艱難的不只是認同的疆界，而是意味著，過去那些將她看作男人所愛的一切，也都將以完全不同的眼光看待「她」。她不會再是男同志社群的一分子，她必須重新尋找自己所認同的核心，重新認識自己，和她所愛的人。

那遠遠比性別重置手術所經歷的身體的煎熬，還要來得更讓人困惑。坎坷。曾經愛過的人，以及未來即將愛上的人。都因此而變得不同。

那是一趟無法回頭也沒有路標的旅程。我的身體不屬於我。從來都不——那不是「變性」手術，手術本身只不過是把我原本的身體還給我，如此而已。我的出生證明給了我一個錯誤的性別，我的父母給了我一個錯誤的名字。這麼多年過後我終於可以成為我自己——她說。

把我的身體還給我。

＊＊＊

「轉變」之後的生活變得非常，非常不一樣。

那時在舊金山的電車站有個男孩走過來，非常有禮貌地跟我要了聯絡方式，她說，他覺得我的氣質很迷人。她說。這是我不敢想像的一件事情，像我這樣的一個女人，不是我去找他，而是他來找我——你懂得這其中的分別嗎？我是可以被欲求的我是吸引他的。我們出去了幾次，吃晚餐，看電影，而他才不過二十八歲。這其中有一些讓我覺得不安與困惑的成分，比如說，他喜歡在大庭廣眾之下摟我，吻我，而我的年紀差不多可以當他的媽。

他的媽媽——是的，那時聖誕節他問我要不要跟他回家，與他的媽媽共進晚餐。她說。

我年紀甚至比他媽媽還要大。我的天。她說。

這樣不好吧？我覺得你媽媽應該會覺得不開心。尤其我又是一個「這樣的」女人。她說。

後來怎麼了呢？我問。

他很生氣——他甚至為此跟我吵了很大一架——他對我說，我的媽媽要怎麼看待妳，是她的事情；而我要怎麼看待妳，是我的事情。我們兩個的關係，是我們的事情。妳怎麼可以單方面地為我們三個人擅自做了決定。這是很自私的一件事情。

吵完了而那個大男孩在餐廳就這麼把手摟進我的胸罩裡頭，我說，你別這樣，別人在看。她說。他便反問她，有誰在看？其實沒有。他就說，那麼我可以做這件事情吧？她說，可以。當然可以。她說自己那時立刻就哭了。像一個十六歲的女孩意識到自己能夠為人所愛一樣，像那時還未曾被愛情所傷害過地輕易相信了一個美好的可能。可能，而不是結局，因為人生是沒有結局的。

我們得這樣繼續過下去。

你懂我的意思嗎？親愛的。她這麼說。

***

即使到了要躺上手術檯的那最後的時刻，我的家人還是嘗試著阻止我。她說。

但我只是告訴他們——家人不是我可以選擇的，但是我的人生我應該要可以選擇。我告知他們，我做了這個最重要的決定而我會這麼做。你們可以支持，也可以不，但我不會再多說甚麼，我並不需要你們許可，我過了五十歲了，接下來的日子我想要為我自己，多活一點。

她喝完了杯底的最後一口馬丁尼。那馬丁尼有著苦澀而爽口的芳香。

像她的人生。

談話將至尾聲的時候，她要了簽單並且堅持不要我出錢。她還跟我討了一個擁抱，說，

阿姨們

Unorthodox Aunties

你要記得對每一個人都這麼溫柔。像我這對奶子一樣。
我便大笑出聲。我們便大笑出聲。像不曾被生活傷害過那樣。

目錄

004 【推薦序】你不知道擦身而過的那人有多複雜／朱宥勳（作家）
007 【代序】像不曾被傷害過那樣

阿姨

020 麵人
028 千萬不要惹到老闆娘
033 我的午餐又遲了
037 不怕你多給
039 夜市最怕雨天
042 明天的小菜

目錄

045 現在的男生都愛美
048 阿姨喜歡不挑食的小孩
051 那渣，才是精華所在
053 別來宜蘭過年
058 每當我想念香港，我便吃粥
061 銀行奇遇記
067 計程車道聽塗說
077 你的心會被軋碎的

不一定是阿姨

084 起來讓奶奶抱一下
088 不要有人為了他們是誰，失去他們的尊嚴
092 讓世界成為安全的所在
095 我展開我的旅程

目錄

099 費城的夜晚即將開始了
103 那個吧檯上的男人
107 坦尚尼亞的P
111 他看起來是個很好的人
114 夏天就要開始了
117 柏林沒有邊境
126 為了他過世的弟弟
129 我的印尼朋友
134 我總是不願意回想二十一世紀的第一個十年
141 怎樣的距離算遠
145 性別平等教育是給我們適當的名字
149 世界是一幅惡之拼圖
156 逆視天河
163 貪生
172 在這個世代終結HIV
177 面對疾病，只有恐懼是我們不需要的

目錄

180 十二月一日

台啤阿姨的疫情日記

188 他的五十歲生日
191 可是香港還沒死掉啊
195 直到維多利亞港被填平
198 我知道我送的花長甚麼樣子
200 三百六十五天
203 哥吉拉與金剛的真愛
206 不要忘了你的幽默感
209 沒有考一百分也沒關係
212 我們是勇敢的台灣人
218 要不要來連結一下？
223 只要還能煮得出血沫

目錄

227 2022 = 2020, too
232 蓋特威機場那杯Gin & Tonic
237 疫情將大規模展開
241 五月二十四日
243 始終都能跟著你
245 【代後記】DKLM

目錄

阿姨

想吃麻油雞。想吃巧克力。想吃大滷麵。想吃肉骨茶麵。想吃藥燉排骨。想吃清燉牛肉麵。想吃鹹酥雞。想吃HAJIME。想吃夜市牛排。想吃薄荷糖。想吃義美蛋捲。想吃鳳梨酥。想吃薄皮嫩雞。想吃披薩。想吃炸蛋蔥油餅。想吃滷鴨蛋。想吃維力炸醬麵。想吃漢堡蛋。想吃檸檬蛋糕。想吃熱狗。想吃新埔粄條。想吃油蔥酥。想吃和果子。想吃烤雞胗。想吃雞心。想吃柳葉魚。想吃廣東粥。想吃上湯雲吞麵。想吃魚蛋河。想吃滷牛筋。想吃蛋炒飯。想吃牛肉餡餅。想吃蒜頭蝦。想吃鍋貼。想吃酸辣湯餃。想吃麻辣鍋。想吃沙茶拌麵。想吃香菇雞湯。想吃割包。想吃清蒸肉圓。想吃四神湯。想吃虱目魚丸。想吃豆沙包。想吃肉絲炒年糕。想吃榨菜肉絲麵。想吃baby squid。想吃炒山蘇。想吃老皮嫩肉。好想吃好想吃好想吃好想吃好想吃吃到一覺不醒吃到不省人事不問世事吃到世界和平不知有漢無論魏晉吃到天旋地轉天昏地暗吃到sugar high吃到food coma趴在桌上吃到下一個世紀。

麵人

時序進入冬季，台北天氣變得越發不穩定，每下過一場雨，氣溫便低了一些。霪雨綿綿的日子裡，我總喜歡靠上一台蒸蘊水氣的麵車子，看著掌麵的人捏著一把又一把寬麵、細麵、油麵、米粉，扔進鍋子裡，再利索地撈起甩乾入碗。

麵條是種這麼簡單又複雜的物事，配著嘴邊肉、海帶、滷蛋、花干的黑白切，氣溫再冷，也不怕。

是以若不知道該吃甚麼的時候，我總是吃麵。一天又一天，在那些麵店之間往返來回。尤其我喜歡看似髒亂油膩的老麵店、老麵攤，它們總是看似渾沌無序，然而內在的秩序卻非常清楚：熱湯，白麵，醬汁，蔥花。

如此簡單，如此穩妥，守護了我的每一頓午餐與晚餐。

＊＊＊

吃這家麵店沒有二十年，也有十七、八年了吧。第一次吃印象中是搬來公館前，老爸看到了中意的房子，就夥了全家隔天再來看房。看完房，一家人都喜歡，走出社區，過了街就是這間麵店。

老麵店總是非常簡單，熱湯白麵添著醬汁蔥花一把，就成了。這麵店，麻醬、炸醬滋味其實普普（哪比得上我們宜蘭的麻醬麵呢！），但我其實好鍾意他的香菇雞湯，幾塊肉雞腿，切成厚片的香菇，那滋味之鮮。後來更多的時候，我就點香菇雞麵，加大碗麵量加倍都才加十元。吃得飽的，沒有問題。

有時我週末宿醉，就來外帶。靜靜排在午餐漫長的隊伍裡，看著老闆娘皺著眉頭煮麵，也偶有些時候她擰著眼睛碎念老闆不是這桌！是那桌！然後搖搖頭，把臉埋進白氣蒸騰的麵鍋子裡去。

十幾二十年來都是一樣，這店每天早上十一點開了門，晚上十點打烊。一週只休禮拜六。有時我在外頭鬼混得稍晚些，路過還見到老闆和老闆娘兩個忙進忙出灑掃的身影。

也想著，怎麼不乾脆把店面和出去給別人做就好了呢？

十幾二十年了。老闆娘的頭髮從全黑轉為近乎全白。間中有一次，麵店接連休了好長一陣子，也沒貼甚麼公告。後來，又靜靜地開張了，內裝沒變，後進炒麵炒飯的雜沓聲沒變，水鍋麵撈，也都沒變。香菇雞湯依然在廚台上的燜燒鍋裡邊煨著。倒是從切塊的雞腿肉，變成了整支的棒棒雞腿。變的是，老闆他看來蒼老了些，腳步踉蹌了些，手腳不方便了些，說話口條，含糊了些。

這間麵店和我素來常去的別間店都不太一樣——這老闆娘向來不愛找客人聊天，自然也別指望她多說幾句老闆發生了甚麼事。我也就一如往常當我的安靜的客人。排隊時，有別的客人說「我的不要加味精」，老闆會咕噥著「我們、才沒、有加、味精」；吃飽了要離開，老闆會輕輕問說「可以、收了、齁」。

然後我吃麵。我離開。我又來吃麵。吃飽了就離開。

不知道是不是年紀漸大，還是夏日炎炎胃口不佳，熱湯熱麵的，近幾次都點了小碗的香菇雞麵。

某天則突然懷念麻醬麵。點大碗乾麵，配香菇雞湯。畫好了單，送去給老闆，他卻愣了一下，問我「今天、怎麼、不是、吃香菇、雞麵？」我笑笑說今天難得想換換口味。翻了翻口袋只有大鈔，便又跟老闆說不好意思要讓你找。

「沒有、關係。」老闆說。

他掏掏圍裙口袋，翻出一疊鈔票，點了九張百元鈔找給我，全是翻向同一面的、整理妥當的百元鈔。

「來、九百塊、找你。」

那麼齊整。那麼自信的一間老麵店。

***

有時我回宜蘭。——宜蘭市區選擇自然是多的，要吃麻醬麵、排骨酥麵、肉羹麵，走個幾步路也就到了。不過發懶的時候窩在三星村落裡，鄰近的老街上，則只是有幾家便當店，幾家麵店。我總是會走進麵店的，隨意點個乾麵，有時是麻醬，有時則是肉燥梅干菜，搭一碗大骨湯底再套一瓢蒜酥、一把韭菜的魚丸湯，貢丸湯，或豬血湯，這樣吃了。

當然蒜酥韭菜的搭配是好的，小小的麵店讓人喜歡之處，卻往往並不總是麵，也並不一定是湯。而是各色老闆趁手的小菜。燒肉也好、油豆腐也不錯，我的選擇，則多是看檯子上幾道蔬菜，有時候選的是苦瓜配茄子，有時，要來紅菜搭空心菜，蝦米香菇爆炒的滋味，不會出錯。

連續兩天來這間麵店。還是點了乾麵，點了湯，選兩道小菜搭著。臭汗淋漓地吃完了。

這天吃飽了，回到麵檯跟老闆娘喊了買單買單，老闆娘說，你吃甚麼呀？很快盤點一下，說，九十元。我遞出一張百元鈔，邊想著去旁邊全聯買個冰茶吧就邊往外走了。老闆娘突大聲喊著「欸欸欸欸欸」，我一時沒意會過來，說怎麼。

「找錢啊。十元十元。」老闆娘笑咪咪。

隔天，搭著乾麵貢丸湯，順口要了瓠瓜，絲瓜，海帶滷蛋，那蛋竟還是溏心的做法。簡直要命。

「年輕人這樣一百喔。」老闆娘說。

「今天不用找，你可以直接走了。」還是一樣，笑咪咪的。

被記住了呢。其實啊，喜歡的麵店常來的麵店，就是要一直吃一直吃一直吃，吃到被老闆娘記住，那當然是無比幸福的一件事。

***

若是在台北，沒有宿醉的星期六早上，則肯定是要依例來了林家乾麵。

位在建中旁邊的林家乾麵，從高中時代吃過來，也超過了二十年吧。某次午餐，和另外三個客人併桌吃著白麵搭蛋包魚丸湯，其中一個大學生年紀的大男生，和他的同行友人說——這店我從高中時代就開始吃喔！我忍不住接了話去，說，「我也是。」桌子另一邊，那個看起來五十多歲的男人竟也說，「我也是。」這麵店照看了建中許多許多代的男孩，餵飽一張張永遠吃不飽的，青春的胃。

最近幾年，有時是老闆掌勺，有時則是老闆的兒子——算起來是這麵店的第三代了——

不時幾次，我和學長學弟們討論著這麵，評論著老闆兒子的手頭功夫沒他老爸好。大家還特意選了不同時間突襲麵店，比較著，卻有些不得要領。

我則是覺得，不知何時，好像是麵店換了麵條的供應商，白麵吃水比以前厲害，原先爽利的口感變得稍微肥厚濕漉。但和學長學弟們講了，沒得到甚麼結論。卻還是吃。沒甚麼大不了。

我還是吃這大碗乾麵，四顆魚丸加蛋包的湯。

老闆煮麵，不會出錯。

剛把依然半熟的蛋包扔進麵碗裡，戳出金黃的蛋黃，還不及拍照，突然臨路一邊有輛計程車靠了邊，搖下車窗望老闆喊——「那邊紅線來拖吊啦！你趕緊跟客人喊一下喔！」突然整間麵店就像那口總是水氣蒸騰的麵鍋子一樣，沸了起來：有沒有人車停在紅線！拖吊喔！停紅線的！

一個男人從店裡衝出來，跨過馬路向拖吊車猛力揮著手。

那通報的計程車司機，想來也是店家熟客吧，報馬了之後便揚長而去。倒是那拖吊車緩緩地開走了，帶著一股訕訕的氣味，空手而歸。

林家乾麵是這樣——老闆總是在麵鍋了那頭喊，不要併排！街角可以停！併排會開單！這麼過了許多年，彼此照看著的司機、學生、附近的上班族，以及畢業了的老建中們，吃著那碗麵，撈起一顆顆蛋包，繼續每個星期不同況味的旅程。

***

有時則想，麵攤的那些故事演義，往往大過一碗乾麵一碗湯。假日我散步，不辨方向胡走一通，來到雙連，剛好肚子餓了，便吃黑白切吧。

這黑白切麵攤，麵車一台，火爐一座，桌子椅子沿著隔籬牆面這樣排過去，便做起生意了的一對老夫婦。麵攤十分簡單，賣的品項也不複雜，陽春麵，餛飩，麻醬，炸醬，寬麵細麵，如此組合起來也有許多種變化。

我老是坐在麵車的位置——用fancy一點的說法，就是吧檯座位了。好處是可以看看今天黑白切有何好料，或者滷鍋裡頭的白蘿蔔是否燉得透了，就點來吃。

另一方面，則是掌麵的老闆，和掌滷味的老闆娘，鬥嘴起來十分好看。

此時有客人來了——向著老闆說，我要乾麵、花干，切豬耳朵和豬頭皮。老闆還沒應話，人在後頭洗著碗盤的老闆娘出了聲：豬耳朵和豬頭皮沒道理啊！你趕快問人家是不是要骨頭肉！都不問，啞了嗎？那客人趕緊說，對對，是豬耳朵和骨頭肉。老闆也不說話，抓了一把麵往鍋裡下去。

又有客人來——點了陽春麵切了小菜，逕自往巷子底的桌子去了。老闆這時咕噥一聲，問老闆娘，是乾的還湯的？老闆娘提起聲量，說乾的啦！人家來幾百次了哪次吃湯麵？

而我在這麵攤，主食總是點麻醬麵，配骨肉湯。

然而他們倆又是那麼合作無間。老闆娘切了骨頭肉，扔進後頭的湯鍋，等它沸上一陣。那時老闆會掂著鹽匙子，點半匙、再點一尖，抓一把薑絲進碗。就等著。然後老闆娘嘩：「燙喔！」一轉身把還沸著的湯傾進碗裡。鍋身邊發出ㄘㄘ的聲響。

真好。怎麼能不好？

若硬要說為何雙連近處好吃攤檔那麼多，我偏偏獨鍾這明不起眼的麵攤子呢——大概是我打從第一次來，看著掌鈔的老闆娘俐落地收錢找錢，就知道麵攤主人也是同道中人：

是的，無論千元百鈔，全都是向著同一面整理妥貼的。

身為一個麵人，看著這一切的齊整而又混亂，總是讓人幸福。

而你大概也猜到了——老闆娘掌鈔，老闆呢，掌的，當然只是零錢盒了。

千萬不要惹到老闆娘

疫情期間，午餐動線改變，幾個月沒來這家麵店了。老闆娘見到我，第一句話是：「唉呀這個傢伙好久沒有來看我啦，我都還四處打聽你是不是換公司了。」我忙不迭說，沒有沒有，只是最近一陣子比較少走到這一頭來呀。

老闆娘便接著說，「你看你中午都不走路走多一點，那個肚子叭都變這麼大了。」正要反駁，老闆娘又往廚房喊了一句，「這傢伙麵給他多一點啊，他這麼久沒來了別讓他餓著了！」

有一種胖叫老闆娘覺得你胖，有一種餓叫做老闆娘覺得你很餓。

***

家姐辦公室分流上班，上班地點搬到了我辦公室附近，酷愛麵食的我們兩姐弟，自然是要帶她去嘗嘗我平日吃的午餐。麵店老闆娘看著我們瞪大眼睛說，啊呀帶了年輕小姐一起來呀。我說，老闆娘這是我姐，親姐姐唷。老闆娘一臉狐疑說，甚麼，竟然是姐姐——「不是你妹妹，你確定。」

我確定啊老闆娘她真的是我姐，可是有件事情妳不知道——

「我其實是她妹。」

但我還沒來得及說出來，老闆娘又說哎呀姐姐真瘦啊，「是不是從小在家東西都被你吃光了？」「看你這樣虎背熊腰，不要老搶姐姐東西吃啊。」

老闆娘啊雖然已經不是新年了，妳還是可以講一些吉祥話啊。

但大滷麵真是好吃，我姐說，「以後可以常來。」

我想我姐，應該很享受當我妹妹的感覺吧。

***

和朋友去吃鹹粥小菜，點了幾個小盤，邊聊朋友剪不斷理還亂的感情，邊風捲殘雲把盤子裡的菜餚都掃光。眼看午休時間差不多了，便跟老闆娘說，買單。老闆娘那時在櫃檯裡邊忙著，轉過頭來竟然給我一張苦瓜臉說，「啊，正在切水果要請你們吃的說。再坐一下嘛。」

你用苦瓜臉撒嬌甚麼啊老闆娘。不要這樣。

端上來是一盤芭樂和鳳梨，真是香甜好吃。吃完了這回真的要買單了，老闆娘又問，「咦今天沒有開啤酒啊，真反常。」不要擅自決定別人要不要喝酒啊老闆娘。

「真的沒有要再坐一下嗎？」

我不會因此中計開啤酒的！老闆娘。

***

某天中午無意間經過附近市場口的麵店，已經一點出頭生意依然興隆熱鬧，就決定今天來吃。店門口，果然香氣十足老派、黑白切種類又多又豐富，鍋上煨著的米粉湯看起來也讓人食指大動。

雖初次來訪，老闆娘笑吟吟說，「裡面坐呀，今天變好熱耶，屋子裡面比較涼快。」依然是午後一點多，室內的用餐區還是有上班族切了整桌黑白切，高談闊論著辦公室各種是非笑鬧八卦和正經事。滷味的香氣滿溢在舊公寓一樓改造成的食堂。不一會兒我的湯來了，老闆娘還不忘說「意麵要再等一下唷」，雖只點了基本款的小菜、意麵與湯，滷汁的味道則已經決定了，這是一家我會不斷來吃的店。

吃飽結帳時，老闆娘說，「欸你吃了甚麼？……才剛幫你送完我就忘了。下次我要帶小抄！」

怎麼叫人不喜歡？

傳了照片到高中同學群組，並tag一個就住在這市場附近的同學，他幽幽地說……「怎麼沒點米粉湯和豬肝連？老闆娘賣米粉湯買了三個店面兩棟房子……」

而且這樣吃飽了才一百一十五元。

麵店老闆娘的口袋果然都是深不可測啊。

＊＊＊

整整三個月沒進辦公室了。澆了盆栽、擦了桌子，之後最重要的事，自然就是午餐了。也不需多想。當然就是大乾意麵、嘴邊肉湯、配兩塊油豆腐加一顆滷蛋的組合。

黑白切的麵與湯正好。老闆娘也還認得我。

或許因為我每次都要來一樣的餐點吧。讓店家記住的小技巧。成功率高，我沒有錯。

這市場口的小麵店，僅維持著最低度的內用開放型態——只有位於戶外亭仔腳的三個位子可供內用。老闆娘看到我就笑，「好久不見！都躲在家裡吼？」我說，是啊，三個月了。

嚴格說起來，是幾乎沒有離開住家方圓五百公尺的整整三個月。更別說是辦公室了。

老闆娘說，幫你包起來帶回冷氣房吃。這天氣，坐在外頭吃太不得了，我們屋子裡面那些小鬼還沒送回學校，暫時不方便開放裡面的位子。

我說，好啊。沒問題。

「附近辦公室大家差不多都回來了，看每天中午吃飯的人就知道了……有的辦公室還是要分流……」老闆娘邊處理著我的外帶，「還有人吼，最近回來吃飯的同伴都換了，應該是換公司了……」市場口的人啊，比所有諜報機關都還要厲害。

千萬不要惹到麵店老闆娘，這句千古明訓，就是這個意思。

***

總之。回到辦公室靜靜吃完了午餐，麵是古早的澎湃，湯是薑絲煮肉的鮮美。那時，辦公室的打掃阿姨敲門進來，看到我的臉彷彿看到甚麼珍稀動物，大叫一聲：

「啊你來啊喔！」是啊，幾個月沒來了。

阿姨指著我桌上的桌曆，停留在五月。很興奮地說出她的發現：「一定是五月之後攏沒來了。」除了麵店老闆娘，也不要招惹打掃的阿姨，這也是古有明訓。你們的辦公桌在發生啥事情，她們都知道。

阿姨邊整理辦公室的地面與垃圾桶，邊說，「這樣很好啦，公司顧慮員工健康，叫你們不要來，這是對的。不像我們，沒有人關心我們啦，天天攏愛來。」

我說，阿姨，你不是剛電完頭髮不久？好好看耶。

阿姨突然摸了一下自己的頭髮——

「沒、沒有啦，星期天電的……還很捲捏……哪有好看啦……」說到這邊，整理的動作也差不多了，她便一臉帶笑，拉開門，出去了。

我的午餐又遲了

午餐又遲了。兩點鐘，探進辦公大樓旁的飯麵食堂，店裡已沒客了，廚子模樣的男人趴在吧檯上就著一口大碗公用著他的午餐。我問，休息了嗎？那老闆模樣的女人走出來說，還有還有，找位子坐。彷彿又意識到店已空蕩，又寬寬笑笑，補一句，啊其實都可以坐。

我都還沒點餐，老闆娘也沒介紹餐點，倒是先問了——看這天色，一會兒要下雨啦。有帶傘嗎？我搖搖頭說沒有，不過我辦公室就在旁邊大樓，可以的。她說，沒關係，若真下雨我這有傘先借你，晚點繞回來給我就好。

要吃甚麼？

這店賣的是傳統的排骨飯、雞腿飯，咖哩雞腿飯，以及各式小吃麵類。我想了想，這裡聞不得傳統快餐店廚房炸得滿堂排骨雞腿油煙的噴膩味道，倒是悶熱氣候裡，冷氣不得不開得特強，我還沒填妥菜單，哈地兩個噴嚏先來。老闆娘又趕緊過來說，來來，我給你調整一下冷氣出風口。

怎麼這麼晚才吃午餐？噯還不就工作嘛。其實也習慣晚吃，比較沒人。

她說這倒是。看了我填的單，轉過頭去向那臉埋在碗裡的廚子說，欸老公，排骨飯一個這裡吃啊，飯給多點。那男人應了聲，放下碗筷轉進廚房裡頭去了。我說，啊你怎麼知道我會想吃多點飯。她說看你的樣子就是餓、血糖低、成天浸在辦公室裡，三十出頭歲年紀，給你多少飯你都會吃完的啦。我笑笑，不知道該說是，抑或不是。

她指著邊上的茶桶，說欸，熱茶自己來啊，小心燙。我笑笑說好。倒了杯茶坐回位子，慢慢啜著。

這樣很好。

那男的端著餐盤打廚房裡走出來，先給我放上一組排骨，一碗蔬菜肉絲蛋飯，一碗例湯。女的招呼著說飯啊湯啊不夠再說。快吃。

又問，你第一次來我們家是嗎？

我說是。她說，我就知，看見你都覺得沒印象。我們倆開這間店也才要滿兩個月。這回換我瞪大了眼睛，兩個月！

她說，是啊！問說小弟你做甚麼工作的啊在這邊上班不錯喔。我閃躲著說，就是一些企業併購的包打聽啦。她說，我以前在銀行上班，做了好多好多年，上班族生活就是那樣，其實沒有想要離開。但我老公在鴻海上班，也是好多好多年，身體就操壞了，唉呀想說這樣下去不行哪，他就去找了間排骨店上班學藝、準備開我們自己的小店。

我說夫妻倆一齊轉行真的挺有勇氣的呢。她說哪有？每天吵，大大小小甚麼東西要放哪裡，吵吵吵，吵到後來我說那我不管了我要回去銀行上班了！他就說，不行，妳別回去。

那廚子出完菜又回到他碗前。

大概是聽到我們在聊天，轉過頭來說，是，妳別回去那公司了。

那女的說怕忙，那不然我給你請個人。開個三萬二薪水應該還行了吧。問說小弟現在年輕人出來工作行情究竟如何啊？我說我不知道呢，兩萬多的三萬多的都有吧。其實很多人都辛苦。她說，就是，我們對面巷子裡有家設計工作室，有個小男生，大概你這年紀，禮拜天晚上快九點了跑來問，還有嗎？我鍋子收一半了，說還有。你說了沒有他附近要去哪吃啊？他還外帶。回工作室吃。

過一陣子那小弟來，都是很晚的午餐，或很晚的晚餐。或很晚的晚餐，在禮拜六或禮拜天。

話頭一轉，說可是開店其實也是辛苦呢。我好想週休二日喔老公。那廚子掃完了自己的午餐，站起身來說，就叫妳好好待在家，別上班，也不用來店裡忙，這裡請個人就行，我養妳嘛。

那女的倒是吃吃笑了說，你在這裡，我怎麼可能待在家？

（一瞬間我覺得你們到底讓我聽了甚麼啊。）

吃完買了單，老闆娘說排骨好吃的話下次來吃雞腿喔。我說好。可這日午後的雨終究是沒有下來。悶悶的雷在窗外響了幾陣，凡嘻笑怒罵，也不過是為了遮掩那些說不出來的東西。早些時刻，九點出頭吧，辦公室裡頭就我一個人，看著窗外一邊是軍功路隧道，一邊是台北一〇一，想起近日的各種事件，或死亡，或分離，或傷逝或悲懷。說不出來的。沒甚麼話想說，這感覺好深。好深。

我不確定老闆娘有沒有跟我說掰掰。或許有。然後忙起來，忙起來就好像忘了。忘在一杯茶的時刻，又想起。悠悠晃晃一個燒灼的日子，便又這麼過完。

今天的午餐只不過是遲了。這使我慶幸。

我昨天壓根兒就沒有吃午餐啊。

不怕你多給

雖已過了午餐時間，小小的餃子麵館裡邊還是人聲鼎沸的。

好容易尋得一陣空檔，那寬厚矮胖的老闆，望小菜櫃子探探，彎身打冰箱拿出整塊的滷牛腱子肉，便這麼油油亮亮地打料理台上切將起來。刀刀片片下去，可俐落的！不出幾下，腱子肉便服服貼貼，躺平了。

老闆片起肉來，專心致志，一心一德，也沒留意個年輕女子站起來，說多少錢？突然注意到的時候，偏偏盤肉切了剛過半，怎能騰出手來？

那老闆先是往後進喊了聲，買單，邊亮出雙手，沾滿肉油滷汁，說，等等，等等，切肉呢。女的說，沒關係。卻等半晌，也不見有人出來，老闆雙手晾著，繼續切肉不是，擦了拿錢也不是，有些急了，說不然吧，零錢櫃在這，妳自己把錢放了，找錢，可以了。

女的說，這樣可以嗎？老闆徒生霸氣，大聲說，可以，我看著呢，不怕妳多給了。

那女的笑了。當著老闆面，扔了張一千，說是要找八百八，便數了五百，六，七，八百，五十、八十，老闆說，對吧，妳沒多給了。女的又笑著說了謝謝，走了。

老闆埋頭切肉。油亮油亮，腱子肉片得齊整了，看起來十分美味。

商業區邊上人來人去，沉默得像極了顆顆水餃，落進鍋裡，喧騰的，卻像鍋貼滋著聲響，嗆呼一陣，起身付了錢買了單，撈起了又旋即掉進午後的日常生活，也再不用甚麼聲音。

夜市最怕雨天

夜市最怕雨天。其實誰不怕雨天呢？台北深冬這幾晚，雨接連著下了幾天幾夜從沒想過要給人留下甚麼餘地，風吹起來，更凍。夜市街上沒甚麼人，冷冷清清的樣子。我縮著身子想說要吃點甚麼呢——左看右看，還是走到那賣魷魚羹花枝羹的攤子前，向掌勺的阿姨說，我要魚酥米粉帶走。

阿姨循例問著，你米粉要分開嗎？我搖搖頭說，不用不用。

她俐俐落落抓了一把米粉，扔進麵勺掀開麵鍋子，嘩的一下迎來整片水氣，把麵撈子拽了進去。抬起頭來看著我說，今天好冷喔。

日哆嗦著笑。

我愣了下。其實這阿姨平常不太有表情，甚至不太說話。她總是一臉酷樣，講話更省，小小攤位上各種物事分明條理，兩個方格裡是細火滾著羹湯，另外兩個則盛著熱水，用來汆燙魷魚或花枝。還有個麵鍋，一把一把的麵勺揣下去，冬粉米粉油麵，撈起來。

然後阿姨舀湯。她舀羹湯的動作總是非常專注，非常精細。先從左邊的湯格子舀三大瓢的羹，下到碗底，然後問，「菜要嗎？」若要九層塔，就說好。也有人不要。「要辣嗎？」有人回答一點點，阿姨就給一小匙辣椒，若是要辣，就兩小匙。醋則是固定三小匙，沙茶一匙半。唰唰唰。唰唰。從來不曾多了，也不曾少了。節奏更是利索。

阿姨的話就像她的動作一樣精確。沒一個動作浪費，也不會多講幾個字。下完佐料，再是從右邊的湯格子，舀小半瓢羹。所有動作一氣呵成。不多不少，順序不曾變過，也不會變。

「今天好冷喔。」阿姨說。

我說是啊，明天後天好像會更冷呢。

「是喔。」阿姨搖了搖頭。我甚至不確定自己是否聽到她無聲地嘆了口氣。「這種天氣唷。」阿姨邊從裝魚酥的大袋裡揀著魚酥，邊說。

「你很喜歡吃魚酥米粉欸。」阿姨說。「這種天氣，多些魚酥給你。」

菜可以，然後不要辣，沙茶多一點，醋少一點？阿姨問。

她記得一點都沒錯。跟她做事一樣精準，篤定。像她蓋妥碗蓋，會用抹布把碗底擦兩下。就是兩下，不會多，也不會少。拉開塑膠袋準備把紙碗放進去之前，再用兩手的拇指跟無名指，把袋子底拉成精準的方口子，拉個兩下，不會多，也不會少。

你要再來喔。阿姨說。

她這晚講的話大概比過去一整年跟我講的所有話加起來還要多吧。我說，當然，當然啊。

我很喜歡吃魚酥米粉。

阿姨滿意地笑了。又說一次，今天真的很冷呢。

做夜市的營生最怕就是雨天，尤其這種冷到骨子裡去的雨天。這夜市，有的攤商碰到雨天就乾脆不擺出來了，但也有的呢，像賣魷魚羹生花枝羹的阿姨，除了禮拜三固定的休息之外，無論晴雨總是開盞燈亮在那裡，鍋碗蒸著水氣，熱烘烘地在那裡等著每一個人。

明天的小菜

每次推開那小小的餃子麵館大門，老闆娘老是「欸」地說，「來看我啦。」還沒等我說要吃甚麼她就率先給我派定了今天的午餐——今天剛炒好炸醬呢，你就吃炸醬麵吧。熱騰騰的，又香又好吃，她說。有時則說，天冷啦，吃個大滷麵啊。加點辣椒，暖暖身子。

那老闆娘和老闆是華裔的韓國人，輾轉輾轉來了台灣。就住在眷舍周邊的老社區。煮黑搭搭的韓式炸醬麵，煮澄黃澄黃的大滷麵。一天就是這樣了。那黃豔豔的麵條啊，還是自家做的，用老闆娘的話來說，就是「外頭買了的味道不對」，也幸好，客人這樣吃了吃了，對了。

怎麼每天都吃那麼晚呢？你們年輕人工作要顧，午餐要早點吃啊，別老一點半兩點才吃。她說。

小小的餃子麵館裡，我的大滷麵不一會兒便來了。她給我送上了麵，拉開我對面的椅子一屁股坐下了，說唉啊，終於可以休息啦，忙過中午我這老骨頭都散了。

我午餐向來吃得比較晚。

商業區本來吃食的選擇就少，過了一點半，館子休息的休息，還開著的那些，轉進去則泰半擺張「我們要休息啦，你快點吧」的臉，吃得人是膽戰心驚，胃底抽筋。

這麵館子，燈光只開一半。電視播著新聞。老闆娘說，要不要吃小菜？今天有苦瓜，海帶芽，小黃瓜，干絲呢。我說，給我一碟小黃瓜吧。她又說，唉呀我這一坐下就站不起來了，自己去夾吧，盤子裡有多少都給你了。小菜放不過夜的。小黃瓜前幾天還一斤七十，貴得我買不下手，今天早上一斤才三十九！

我夾了一碟子端回桌上，她瞪大了眼睛說——噯，不是要你全夾了嗎！

那方才還說自己站不起來的老闆娘唰地一下抓起小菜碟，走回櫃台旋風也似把盤子裡的黃瓜全數撥進了碟子，小山一樣，又問，你吃不吃蒜頭啊？我再給你拍幾片大蒜。

於是我吃麵。每一個吃麵的中午，她同我絮絮叨叨說，這巷子裡頭的餐館在鄰近的某大企業搬走之後，少了人潮，多半是慘澹經營的。咱們這館子開了三十幾年啦，就煮麵給大家吃，如果退休待在家裡也不過就是看看電視，還不如每天上菜市場，揀幾樣菜，煮完麵每天還跟你們聊聊天。她說，你還有在玩那個甚麼，寶可夢啊？那幾年大家最瘋的時候，有幾個女生，麵吃到一半就丟著結帳了，說要去後面那幾條街抓寶可夢……

在每個吃麵吃餃子的片刻，我時常是午餐時段的最後一個客人。她就坐在我對面，評論著新聞，有時則戴起老花眼鏡滑起她兒子女兒買給她的iPhone。

吃飽啦？要多來看我啊。買完單她都這麼說。

會的，會的。每天的午餐時間像是不存在的盜賊，生活是把臉浸在一碗湯裡，看麵湯裡的油沫聚合又分開，拿筷子戳著油泡，破壞它們的表面張力，把滷蛋的蛋黃攪碎了弄濁一碗大骨湯但不去喝它。一天很快就會過完了。

不知道明天老闆娘會準備甚麼小菜呢？

現在的男生都愛美

「先生有要找甚麼嗎？」來了。就是這個問題。我繞過櫃檯第三次的時候阿姨果然還是開口了。

午休時去康是美買鼻毛剪。

我也不知道為甚麼夏天毛髮長得如此快，在辦公室就赫然發現一白鼻毛瀟灑，奔放，熱烈地這樣探出來晃啊晃。像安農溪畔的蘆葦嘲笑著哈哈哈你這社畜禮拜五還不是在上班。白鼻毛必須死。剷除之，修剪之，但老娘手邊沒有鼻毛剪。

誰上班會帶著鼻毛剪？或許有。但不是我。

遂來到康是美，尋找鼻毛剪。已經過了一點半的康是美當然沒甚麼人。我在店裡繞啊繞，繞了兩轉，就和櫃檯裡的阿姨對上兩次眼。真的好害怕阿姨會問我，「你要找甚麼？」好害怕她是不是已經看到我的鼻毛叢出來了。

但問題是真的會有人這麼遠就看到別人的鼻毛嗎？應該沒有吧。

我假裝輕鬆，假裝沒事，假裝沒聽到，還邊哼著音樂。

「先生要找甚麼嗎？」阿姨竟然還問了第二次。真的要回答了吧要不然也太沒禮貌了對不對。啊那個，我要找那種小型的美容剪刀。

阿姨從櫃檯走出來，第三排走道，她蹲下去。很快從架子最底層取下一支小剪刀。很尖。非常尖。

「嗯……這個是有附保護套啦。」阿姨說

不對，這種尖頭的放進鼻子如果插深一點老娘就ＧＧ了，要是在辦公室洗手間流鼻血，被別人看到人家以為我在裡面拉古柯鹼。不可以不是這種。但我沒有說出來。阿姨我要的是鼻毛剪。但我羞於承認。我到底在羞恥甚麼我也不知道。

「嗯……不過這個好像太尖了有點危險吼。那你看看這支。」阿姨又抽了另一支美容剪刀出來。對，就是這種，圓頭的，可以伸進鼻孔轉個幾圈，把鼻毛修短，打薄，換個角度再來一次的，專業的鼻毛剪。

「嗯……只是它的品名是……鼻毛剪。」阿姨說，「你應該不介意吧？」

我當然不介意。

「反正都是剪刀，你要用鼻毛剪修眉毛當然也是可以的。」阿姨說。「現在男生都很愛美，修個眉毛，沒關係的啦。」

說完阿姨還對我露出一個燦爛的微笑。

等等阿姨你是不是搞錯了甚麼。我已經很久沒有修眉毛了啊。

其實星期五的午後，我只是想要買一把鼻毛剪而已。

阿姨喜歡不挑食的小孩

在那快餐店外側的廚房，老闆娘油油膩膩地起著炸鍋。她晾起一塊塊甫炸起的排骨跟雞腿，邊把瀝過油的甩到了砧板上俐落地剁著，邊問我，小弟要吃甚麼。我說唔，排骨飯吧。其實這家快餐店我時常經過，卻不知為何第一次來吃。

老闆娘說好，夾子邊揀起一旁醃著的排骨扔進油鍋去。又說，你先選配菜。可以選幾個菜呀。

三個。或者給阿姨配也可以。

旁邊的菜盤上盛著大概十道菜，都是當季的蔬菜啊瓜果啊，還有滷海帶呀油豆腐啊的，看起來都是家常的菜色。我真拿不定主意是要苦瓜配高麗菜配炒粉絲，還是瓠瓜配番茄炒蛋配滷海帶呢。或者，其實豆芽配苦瓜配油豆腐也行……

「是有甚麼不吃嗎？」老闆娘剛送進去幾份餐，大概看我猶疑不定，就問。

沒、沒呀。是這些我都吃，好難決定耶。

老闆娘就笑，都吃才好決定啦，阿姨幫你配好不好？

她在便當盒裡裝了白飯淋了肉燥滷汁，夾了瓠瓜，滷海帶，高麗菜。——接著又挖了一大瓢番茄炒蛋，再加一塊油豆腐。大約是看我眼睛睜得老大裡頭有個特大號的「咦」吧，老闆娘說，阿姨喜歡不挑食的小孩啊，你都吃，就多給你幾樣菜囉。

這樣九十五元。老闆娘的眼睛笑咪咪的，找給我五元零錢。

下次再來喔。

***

家裡附近的快餐店，菜檯上每天都備齊了十種配菜，選一樣主菜，可以選三種配菜。配菜多是當季的蔬菜快炒而成，天冷的時候葉菜類長得好，轉進夏天，則就換成絲瓜、瓠瓜等瓜果類的菜色。

這天中午，小快餐店照常營業著。只是門口貼了小小的公告，「防疫期間，歡迎外帶。」內用區的入口處，則是拉了張椅子擋著，店裡頭燈光沒開，椅背上還是貼著同一張公告，「歡迎外帶。」意思就是，不好意思我們暫時不提供內用了。老闆看到我，喊了一聲，說「一樣嗎？」

「一樣、一樣。」當然，去年三月以來的每個星期一，我總是在這兒吃炸排骨飯。

「不過我今天要外帶。」

老闆娘說，不好意思啦我們店裡就兩個人，實名制我們真的忙不過來。老闆說，沒辦法落實的話，可能會被罰好幾萬咧。我說沒關係呀，疫情期間真的大家要小心一點，互相體諒。

老闆娘問，「那你今天配菜要選哪幾樣？」老闆還在旁邊說著，那些去便利商店不戴口罩的人，真的不知道在想甚麼，應該直接開罰啦……

「配菜選一下喔。」我愣了一下。老闆娘笑咪咪說，從來沒看過你這麼猶豫。

選了蝦米瓠瓜、醬炒粉絲、蒜頭絲瓜，按著菜檯上的編號，「給我2、3、5。謝謝。」

老闆娘說，全都想吃對吧？我大笑，說對啊，各種蔬菜都要吃身體會更健康。

老闆娘明明已經準備好我的便當，聽到這話，又拉開便當盒，挖了一大勺紅蘿蔔炒蛋塞進我的便當。

「我最喜歡不挑食的小孩了。」

印象中，第一次來這家快餐店的時候，配菜就是讓老闆娘幫我挑的。

那時候，她也說了同一句話。

那渣，才是精華所在

中午去吃一間單賣一味牛肉麵、牛肉湯，業已經營三十餘年的老店。那混著薑蒜豆瓣熬成的湯頭真是香。整間店充盈著飽滿而不膩的鹹香，自行取用的佐料區擺著酸菜、生椒醬油、牛油辣渣。光聞著聞著，就讓人感覺十分幸福。

麵上來了。我點的是寬條的家常麵，同事呢則是選了細麵。多數的客人都捧著整盆的酸菜，在人臉大的碗公裡加成小山也似，豪氣，快活。

我則拎了那裝在小桶子裡的豔紅油辣渣，正要往碗裡添，老闆不知從哪兒飄了出來，示意我，往底下撈。撈底下的渣。

「那渣，才是精華所在。」老闆跟我霎了霎眼。我說，我知道。

「小伙子，懂吃。」老闆很滿意。

老闆有所不知的是，除了我本就是個無可救藥的辣渣控之外，今天我不僅加了辣渣，還撈了大勺紅牛油，把整碗牛肉麵淨是染成了鮮紅澄亮的顏色。

畢竟整個股市這麼綠，至少，還能確保我的麵，肯定是紅的。紅的。好感動。

麵，真的好紅。股票市場，也真的好綠。

想到這裡，我不禁汗涔涔而淚潸潸了。明天開始，就吃泡麵吧。

別來宜蘭過年

常常有人聽說我老家在宜蘭，逢年過節便追著我問說宜蘭人過年都去哪玩、吃甚麼，到哪走春……哎這幾年過年下來，實在是很難不誠實地告訴大家──「過年不要來宜蘭啊」千萬不要來。

宜蘭路幅狹窄，天氣多雨超不怡人，景點翻來覆去總是那幾個，過年期間來宜蘭就是吃塞車吃到飽，喝東北季風喝到懷疑現在真的是春天了嗎？出了門，還沒過一個小時保證你就想要回家，想說我為甚麼要出現在宜蘭……是真的。（多想在這裡放一個免責聲明啊。）

不過宜蘭的好吃好玩，也是真的。

***

吃，總是過年最重要的。即使是那些對圍爐最不講究的家庭，年菜的菜式裡，也是少不了燒魚一條，長年菜一鍋，醬滷三層肉，白斬雞一隻，這是基本的。那長年菜，最好是白煮雞肉之後，全雞已先撈起扔進旁邊冰水鍋過水，那已吸足雞肉香氣的高湯再加進芥菜續熬下去，將綠油肥美的芥菜熬到脫色了、棕白棕白的，上頭浮著一層清香的雞油，菜身已經煮到入口即化，菜汁雞湯則是拌飯也好吃。

煮雞的另一道變化則是扔進白蘿蔔——眾所皆知，冬季的白蘿蔔最是肥甜，我們家的做法是丟進章魚腳、香菇或干貝等鮮物乾貨提味，也有時，年前已經在市場買齊了的宜蘭式魚丸，當跟著蘿蔔一起進鍋子了，一顆顆軟綿軟綿地浮在湯裡，就當作花開月圓、十全十美吧。

年前菜市多提早休息，芥菜本地產的就已極美。魚丸則是三星阿川可供外賣，宜蘭市區的阿添、老福亦可成包購買，冬山新寮一帶多是放山雞，也有烏骨品種可選擇。宜蘭沒甚麼特別，就是東西賣起來料真實在，過年前採購一圈東南西北市，頗有現代花木蘭的況味。

每年過年這樣逛一圈也已經覺得挺好。

更講究的那些家裡，則或許會自己煮一鍋西魯肉——說白了，也就是白菜、豬肉絲，金針菇、香菇、木耳為主的雜炊。炸花的蛋酥在上桌前再妝點在碗公頭，十分簡單，十分美味。

雖說是雜炊，但口味的調和則是看各家掌廚男女的手藝，不能過油，亦不能太水，不是勾芡，亦非清湯。總的來說，它既不是羹，也不是湯，有肉有菜但不是菜，更不是肉料，主體是白菜，吃起來白菜卻是菇與肉的配角。有了這一鍋，誰敢說「火鍋就是水燒開了料丟進去就好」？

俗話說得好——要惹火宜蘭人很簡單。跟他們說，「宜蘭就是台北的後花園。」

嗯好喔。宜蘭人的拳頭已經握緊了。

緊接著你可以再跟宜蘭人說，「西魯肉就是白菜滷。」

好的——大過年的，我們要說吉祥話。吉祥話，吉祥話，吉。祥。話。我祝您長命百歲。

這廂吃著年夜飯，另一廂茶几上，則要擺妥了宜蘭人年前必訪，中山路上廣霖餅鋪，或者振地餅鋪的各色糕餅，看個電視開罐黑松沙士——好啦或者是金牌台啤，搭著黑糖糕梅子糕紅豆糕吃著，再嗑個瓜子、冬瓜糖、牛軋糖，除夕都還沒過完熱量就爆表了。

***

年夜飯吃過了也就準備走春。宜蘭好處就是山總是在不遠處，海呢，則不管在平原哪裡，只要略有視野的地方，都看得到龜山島靜靜地在那裡守護著每個宜蘭子弟。沖積扇的地形，讓平原終年水圳湧泉不斷，大抵還是多雨水的緣故吧。

蘭陽溪將蘭陽平原分溪南溪北。

溪北沿山一側多埤塘，旅人多去礁溪溫泉鄉、頭城蘭陽博物館，不過若是要再往海一些，壯圍沙丘遊客中心沿著沙地小徑走出去，就是冬季宜蘭人賺取外快撈鰻魚苗的聖地，黑色的沙，也是初夏時節產出最好吃的沙地花生的地方。往山去，則有澗水之丘的櫻花林，終年不乾的望龍埤、雷公埤，五峰旗瀑布，古諺云——仁者樂山，智者樂水，我們宜蘭人則說，小孩子才做選擇，我們山水都有，都近。

聰明的搭了大眾運輸的還可以去噶瑪蘭威士忌工廠來個一整組得獎威士忌。過年嘛，乾杯，乾杯。

溪南可去的地方也不少，冬山伯朗大道、寒溪吊橋、清水地熱，三星落羽松祕境早已是人人都知的地方，天送埤，長埤湖噴泉，也都好看。梅花湖三清宮是過年祈求一年好運的熱門所在，前頭的梅湖路呢，也是過年期間塞車的熱點。我們在地人是不會靠近的。

其實，上面所提到的每個地方，我們在地人都是不會在過年期間去的。

某次過年開車兜風經過清水地熱，車陣回堵了超過一公里。我媽哼了一聲說，「外地人。」

這是真的。

畢竟是過年。宜蘭這老地方還是講究著平素的作息。過年期間許多餐館是不開的，更別說是菜市休息，製麵廠沒開工，有好些麵店羹鋪也是一路休好休滿，最過分的是頗有些店家小年夜前就早早打烊，貼上紅紙一張：「元宵開工」。

這一算，連放兩週，是不是氣煞人了。

是以倘若前文食肆、餅鋪、觀光的所在，你按文索驥逐一尋去，卻在過年期間撲空了或者塞車塞到氣噗噗，可別說我沒預先警告——多想幾秒，你可以不要在過年期間來宜蘭。

其實呢，說穿了，過年，就是在家玩狗吸貓，吃吃喝喝，倒在沙發上一整週就好——別來宜蘭啊。

每當我想念香港，我便吃粥

疫情封鎖的期間，幾乎餐餐自煮，這天中午難得不想開伙，就決定去街上走走，意外發現平常吃廣東粥的小店開著。便一如尋常，跟老闆喊了皮蛋牛肉粥加份豬潤。

老闆喊了回來，一樣兩碗，外走嗎？

我說是。

十幾年來，我吃廣東粥的口味被香港慣壞了——嚴格說起來，僅是被香港的生記廣東粥——所深深擄獲。我吃東西本就規矩甚多，舉凡米粒未化、肉帶微腥，蔥薑比例不對的店家，甚至是手作鯪魚丸哪怕只要有一丁點的棘刺碎渣，都不行。

我住的公館鬧區，隨便轉幾個街角就有幾家粥店，有連鎖的源士林、粥師傅，主打香港燒臘快炒的鳳城，其實也賣粥。

但吃來吃去，總是覺得欠了一味。

挺早就知道這家埋在巷弄深處，平時人潮不太經過的廣東粥麵小館，老闆掌炒鍋，老闆娘掌粥。菜單也非常簡單，賣的就是尋常香港廣東小食，排列組合，各式港式炒飯，炒麵，郊外油菜，以及，粥品。只是不知道為何，直到去年底吧，在家工作的日子，冬天又讓人格外想要來一碗熱騰騰的粥，才又密集吃起這店。

廣東店家的店頭熱鬧自是不必多說——講著粵語的老闆老闆娘忙起來，排列著單的先後，老闆娘提醒說後頭還有個蝦仁炒飯還沒上去，老闆邊甩了鍋裡的什錦炒飯，也邊罵罵咧咧回著嘴。那時還是冬季，隔著口罩，還是聽得出他們既像唱歌，又像吵架的粵語腔調。有那麼一瞬間，每次每次聽他們喊著單，講著話，或甚至只是要人把便當盒傳過來，我就想著香港。

而他們家的粥煮得真好。米粒幾乎已完全融化在米湯裡，不管是皮蛋牛肉粥拼豬肝，或香菇雞肉粥拼瘦肉，或者是單純的，魚片雞絲粥，肉料的味道融合在高湯裡，一口一口下去，都是港的味覺。都是我對香港的鄉愁。頭幾次去，就點個一碗。粥的分量不大，總讓人意猶未盡。

沒關係，既然一碗不夠，那就點兩碗。

又過一陣子，我喊單的時候，也就不必再喊我要兩碗。說了要甚麼，老闆老闆娘就幫我準備兩份。

今天，我的粥在火爐上急急地沸著。老闆娘突然指著牆上一張小文告，寫著「本店六月——六月17日休息，六月18日起正常營業」。我看了看，點點頭說，端午節了。

那平常看來不太笑的老闆娘突然鬆了一口氣說，「係啊，沒辦法，休息下，太累了。」

我這才想到，其實這店，每天每天開著，好像真的只有春節、端午、中秋有固定的店休。

「想說，如果你星期二、三來，就要撲空了，提醒你下。」老闆娘說。我說沒問題的。佳節愉快，老闆娘又苦笑了，今年台灣的節，不太好過囉。但還是希望大家都平安。

粥煮好了，收了錢給了我粥。老闆也從炒鍋那邊轉過頭來說，「多謝多謝！假期愉快。」

其實呢，是我好想好想跟他們說，謝謝你們滾熬到爛糜糜的粥，這些日子以來，解救了我許許多多關於香港的鄉愁。

每當我想念他，每當我想念香港……

我就吃粥。如此而已。

銀行奇遇記

年前，去銀行領新鈔時，沒留意到銀行有每人提領新鈔額度的小小規定，在取款憑條上填了略大於額度的領款數字。

到了櫃檯才發現，很歹勢地跟行員說，「我沒注意到，超出部分你給我千元舊鈔就好，不好意思。」行員看了一下，說，「羅先生，沒關係的，我這邊幫你多配一些百元新鈔，新年快樂！」

有時，來自陌生人的微小善意真的可以讓人開心一整天。

***

把存摺和憑條文件遞給行員，等待之間，隨意地哼著方才耳機裡播放著的音樂。啦啦啦啦。嘟嘟嘟嘟嘟，哼哼，啦啦啦。登登登、登。耶耶。

行員邊鍵入資料，突然抬起頭來說，羅先生，你上次也是這樣哼著歌，感覺你心情很好耶。我一陣驚嚇。想說我上次來這間銀行辦事，好像是一個月前的事情了。竟然被記得了我到底是多失態啊我這個女瘋子。

行員趕緊說沒事沒事，只是因為很少人會這樣邊等待邊哼歌。你可以繼續啊沒關係的。就覺得你心情很好，讓人也覺得心情很好。

我笑笑，唉唷畢竟沒甚麼事情讓人心情不好，就是好事啊。

於是我繼續哼著歌，跟著腦子裡的節拍，嘟嘟嘟嘟嘟，哼哼，啦啦啦。登登登、登。耶耶。行員繼續鍵入相關的資料，且在口罩底下笑著。

事情很快辦好了。行員把憑證存根遞給我，說等等還有存摺喔。好喔，謝謝你，掰掰。

我拿了存摺，戴回耳機，啦啦啦啦地走出銀行。對我就是個女瘋子。

希望你也有愉快的一天喔。

***

「你的字寫得很好看呢，」銀行的櫃員大姐鍵入我提供的資料，一邊親切地跟我漫天閒聊，順便還推薦了該行最近跟某停車場業者合作的信用卡。

「因為爸媽把我名字取得很難寫，從小就有很多的機會練習寫字。」我漫不經心地回話，手頭邊抓著寶可夢，再補一句「我在台北不太開車啦其實，現在信用卡那麼多也不太好管理。」就當作是委婉的拒絕了。

「卡片很多，就選現金回饋呀，我跟你說，我用我們行的信用卡也都是用現金回饋都不用管點數，（下略五百字）」大姐沒有放棄。

前一天跟朋友聊到某些銀行的網銀Ａｐｐ不是普通的難用，才講到「我的主要往來銀行就甲行和乙行兩家，甲行多數事務我都可以在網路上解決，乙行任何事情當我想到它的Ａｐｐ我就乾脆跑臨櫃。」今天早上拆開昨天收到的掛號信，就是來自乙行，要求與銀行聯繫更新客戶資料的郵件。

雖然信裡面說去電客服中心，或者赴任一分行臨櫃辦理都可以辦理客戶資料更新，但想到乙行恐龍一般的資訊系統，我就想，嗯果然我還是去臨櫃辦理好了。

這一定是宇宙大靈魂的意志。

到了銀行，一問，原來是因為在乙行開戶已經事隔多年，必須要更新包括email，任職公司，以及通訊地址行動電話等等相關資料。老天兒，我當初在乙行留存的資料裡面，竟然還是用台大的email，難怪（幸好？）這些年來從來都沒有收到來自該行的行銷郵件。

想到這裡，那一瞬間我實在沒有很想要留下我的常用email。

櫃檯的大姐很親切。跟我認識的每一個乙行職員差不多，她跟我要了身分證，然後非常親切地拿出「變更／更新客戶資料申請書」，非常有效率地在差不多每個欄位上面都打了勾，非常親切地說打勾的地方麻煩幫我填寫一下。

等等！我明明只是要更新資料而已，不是只要填寫要變更的項目就好了嗎？

……不好意思這是銀行的規定。大姐說。

這樣想起來，其實我一年多前曾經到乙行的另一家分行，臨櫃辦理存摺補發。當時的櫃員也是很親切地讓我填了差不多一樣多欄位打了勾的單據。等等！這不就表示當時我補辦存摺，櫃員完全沒有比對系統裡內存的資料就發存摺給我了嗎?!

好想尖叫。

這一定是宇宙大靈魂的意志。

資料輸入到一半，大姐突然想起甚麼似的，反覆看著我的身分證，又看著我的臉，說，「唔，為甚麼這照片看起來不太像你本人。」畢竟身分證上的照片是二〇〇六年拍的了啊，都已經過了十五年了……我說。

可是等等！等等啊啊啊啊！這件事情不是一開始就應該確認嗎?!

「可以請你把口罩拉下來一下嗎？」

ＯＫ，好。

就在那個瞬間大姐愣住了半秒——大喊「天啊你看起來比身分證上還要年輕耶！」I know

right？這一定是宇宙大靈魂的意志。有些事情你就是必須臨櫃辦理才會體驗到。「還沒結婚啊？……有女朋友了嗎？」等等你不要話鋒一轉啊啊啊啊啊啊啊這位大姐！

有對象了啦但沒有計畫要結婚。我說。也不算說謊。

「你家裡只有你一個小孩嗎？（下略五百字）」大姐依然沒有放棄。

Know your customer是銀行該做的事情沒有錯，但不要過問人家生活的細節啊啊啊啊啊啊啊啊啊！

（下略五百字）

（下略五百字）

（下略五百字）

終於辦完了。大姐非常滿意。她把身分證還給我，並且把剛剛輸入的資料列印出來，用印之後，很親切地跟我說，「這樣就可以了。」

下次我還是用該行的Ａｐｐ，或者撥打客服專線辦理業務好了。

這一定是宇宙大靈魂的意志。

＊＊＊

過年前，去銀行提領新鈔準備包紅包，在取款憑條上填妥了每日新鈔可提領的上限額度。櫃檯行員接過取款憑條，問說，「先生要怎麼配鈔呢……啊等等你是不是填了剛好的數字……謝謝這樣我很方便……」看著背後人山人海等著領鈔的無助的台北市民們，我一向是很擅長給人方便的。

順便補摺。眼看著存摺就要印到本摺的末頁，行員拉出我的存摺問我說，「那個……先生如果你沒有辦定存的話是不是……我們可以印到這頁嗎……」當然可以啊現在請你幫我換新摺你應該就要崩潰了吧大過年的大家都方便就好。「啊……真的很謝謝你……」行員眼睛竟然給我跑出漫畫式的感動水汪汪眼神。

好我真的很久沒有補摺了，連定存頁都不夠用，硬生生印到了最後一張，行員臉色大黑盯著我的存摺。接著很大聲地說：

「還剩最後兩行！夠用！夠用！」

你不要這麼興奮啊啊啊我都要伸出手去跟你擊掌了。我年後再來換摺就是了就是了嘛可是我錢不夠用啊。

新年快樂呀，我也新年快樂。

計程車道聽塗說

有時你就是會被生活背叛。一場只有三分之一好看的舞作，一場外出時落下的雨。一封信一通簡訊，超頻寫到氫爆的腦袋，出言不遜的陌生人，闖紅燈的計程車，走路歪斜的女人同來碰撞。你不及閃躲的步伐都走在紅線的外面的外面以及外面。

有時生活就是不會放過你它在每一杯遲來的酒在炸得太焦的雞排，在抽完的菸盒在受潮的餅乾在你流動的黃昏在襪在鞋在守候的路口。生活有一種聲音讓你瞎讓你盲讓你感覺遭受背叛在熄滅的燈火在腐敗的水果。

有時生活它把你捕獲把你凌遲把你的臉放進刀口，把你的皺紋割下割下你的快樂不快樂你甚麼都可以有都可以沒有。有時你只不過等待一個奇蹟等不要甚麼遲了，甚麼笑了，又是甚麼背叛了。有時生活它讓你想說甚麼但它可以是甚麼我快要想不出來了……

***

「易生」的相反是甚麼呢？是難活，還是易死？

公車短暫停等紅燈時候，我看著窗外那台計程車的車門上，噴著「易生」。想來是司機的名字，或者他只是姓易。他的名字扛著甚麼，死生契闊，難中之難。疫病蔓延之時，那生之簡易，卻顯得如此奢求。

下班時間，行駛和平東路的公車人滿為患，人都戴著口罩，多數的人都不說話。只有上下車時短短淺淺的，不好意思。借過。不好意思。好了我們下車了。再見。不好意思，借過，謝謝。

所有謹小慎微在口罩底下，以費力的呼吸聲表達著，嗡嗡的引擎聲響，竟還能聽見許多人呼氣的聲音。

我只是看著窗外，想，活著如此艱難。

我早已在上車穿過人群時把背包從肩上卸下，提著。縮起身體讓出再多一點點的空間。車在隔站停下，旁邊的女生向我點了點頭，也再挨進來一些，在車門左近之處多容出空間好讓人上車。世界之大，病毒之微小，沉默的公車裡頭司機突然廣播：「站在後門的小心，我要關門了。」

我們把自己縮得更小一些。今天只是禮拜一，學校陸續開課，拜一到拜五，每一天的挑戰都更艱難一些。韓國旅遊警示提升了，日本也納入健康自主管理的旅遊地，全面淪陷，會否只是遲早的事。

如果是，那麼我們今日此刻此時所做的所有努力，為了甚麼？

如果人皆有死，那麼我們努力地活著，又是為了甚麼？「易生」。然後我看到那輛計程車。

禮拜一下班後，我固定的行程是上健身房流一個小時的汗。

是為了甚麼？

或許易生的對面不是賴活，不是不死。而是好死。好好地活，時候到了，好好地死。好好地告別。或許這些努力終歸是有意義的吧。

而今天終歸只是禮拜一而已。

***

今天午餐時間晃過街角，高架橋邊停著輛WISH計程車，運將開著後車廂，拎出一把摺凳，坐在路邊扯開領口搧著風啜著他的水瓶。多麼熱的天氣，彷彿整座天空都要融化了也似的，且無風的夏季，運將短髮削得俐落，在陽光底下映著亮白的光。短暫的紅燈停留之間，我注意到他那敞開如衣襟的後車廂裡，累累落落疊著幾口塑白的收納箱，隱約透出來的還能看見，裡邊齊整摺著各式便衣衫褲，廂頂呢，則有幾支衣架，吊著熨挺的制服襯衫，獵裝背心，與西褲。

我不免這麼想——這麼一車，就全是他的傢俬了嗎？瞬間我感覺震盪。如此整潔清爽一個人，竟能是蝸牛般將整個人生都開進車裡去了的。

他會像現在這樣，車停在洗衣店門口，同樣拉出摺凳坐著等待，等待那滾筒轟隆地把街頭的一切水分都蒸乾嗎？揮汗的夏夜他會在哪裡？即使把整車WISH給擺平了，還差那麼一點才能躺著吧，又或者，如此輕簡上路了的每一天，該丟掉多少，丟掉甚麼，才能令自己委身進去那其實已不算小的車身裡去。

＊＊＊

下午搭計程車去開猴年最後一個會。在那個三岔路口，司機大叔沒選比較近的路走，反而選了路遠、且紅綠燈多的那條去。

猴年要結束了，難得的藍天，天氣晴朗得像是可以把任何東西都吞進去。

大叔說，國際會議中心，我開始跑車的時候都還沒蓋呢。我民國七十年就開始開小黃啦。

小哥你幾年次呀？我說我七十四，大叔說噢我兒子七十七年次的，退伍之後兩年換了四份工作，乾脆開車。結了婚，生了小孩，三十年這樣過了喲。

我說，可不是嗎？時間過得真快，要新年啦。

彎進信義區之後紅燈總是很長，大叔說，這車呀是我開計程車以來的第六輛囉。跑呀跑，跑呀跑，我六十八歲就得退休，算一算，它應該就是我最後一台車了吧。他拍拍方向盤，過了六十每年還要做健康檢查呢。

以前啊，一天跑個三千塊好容易的。

現在太競爭啦。難喔。呵呵呵。

大叔說，現在跳表、上高速公路，都是電腦在算囉，連新年費率也是，爭都不能爭的。豐田的小黃，在信義商圈走走停停，停停走走。天空藍得嚇人而我有個會要開。時間不急，繞點遠路，沒事的。甚麼都交給電腦了哩。

我說，今天天氣真是好啊，過年這樣最好了。

大叔說，那是哪一年，我家在東湖那邊看出去，山丘上都是雪。真冷啊。

我說那不過是去年呀。

大叔說是嗎？感覺好久了，時間過得還真是快呀。小哥你來開會嗎？開得慢了，繞得遠了，國際會議中心就在那兒。我說是呀，來開個會，這會聽完就是新年了喔。

＊＊＊

快閃高雄二十四小時之中，接連被一位計程車司機和一位腳踏車大叔問：「要不要妹妹？年輕的喔。」……嗯是不是我跟朋友太不像同性戀了，我會深刻反省的。

那時，我們明明就在前往gay吧的路上。

早知道就把我的粉紅扇子拿出來搧，說：「我們就是妹妹，台北來的，簡稱北妹。」只是我們已經不年輕了。

＊＊＊

從員山回宜蘭轉運站的計程車上，司機大哥搭訕著說，你們多久會來宜蘭一次？

我喔，大概每個月都會回來啦。我是宜蘭人啊。

啊你是宜蘭哪裡？我爸媽住三星。啊三星喔，三星最有名的就是蔥啊。你不知道還有大蔥鴨嗎？大蔥鴨？那是啥？就是之前 Pokemon 裡面的一隻寵物啊。

年輕人我跟你說吼，你住在三星那你知道三星蔥為甚麼特別好吃嗎？

三星就是排水好，濕氣比較低，適合蔥生長啊。我家附近一片都是蔥田啊這都農夫說的。

司機大哥神神祕祕笑了一下說你這樣不懂三星啦。你應該不是三星長大的吼。

……我乾笑了一下說我不是。那大哥你說說看，為甚麼三星蔥特別美？

你知道三星上面有個水力發電廠吧？我說電廠放流下來就是安農溪啊，在我家後面。那水力電廠喔，它有那個叫做甚麼，渦輪？渦輪會發出那個電磁波啦，對人是沒有甚麼影響但是會對昆蟲蚊蠅有效果啦，所以你在三星有沒有發現說蚊蟲特別少。那蔥就比較不會有蟲子吃，長的蔥白真美啦，而且越靠上游電廠蚊蟲越少喔，是真的，沒騙你。

甘是這樣呵呵呵。

是真的啦，這都有科學實驗證實的喔。

喔是這樣啊難怪我回家好像真的比較不會被蚊子叮啊呵呵呵。啊宜蘭轉運站到了。這樣是兩百七，你有空要多回來宜蘭啊，宜蘭真的很好，三星的蔥也真的很好吃喔。啊大哥謝謝喔呵呵呵。謝謝喔。

……因為我家有點蚊香而且我們都有記得關紗窗啊！

而且可以不要聽到我爸媽住三星就跟我聊蔥好嗎啊啊啊啊司機大哥你不是宜蘭人嗎？

***

「我們就在這裡，所以你最好接受這個事實。」

同志遊行的週末那晚，我和姐妹淘們從紅樓廣場酒酣耳熱地出來，幾杯酒當然是不夠的，幾個人風風火火跳上了計程車，跟司機說：去林森北路條通。

車的外頭，正有幾十個男同志鶯啾燕笑地，打行人穿越道前頭過去。

那司機突然開口，說今天好像是那個甚麼同性戀的遊行，到處都交通管制。我們說，是啊，遊行人還滿多的。他說，這些同性戀吼，實在是金胎歌，不知道系底幹麼、講那啥結婚，同性戀就同性戀，結甚麼婚！這不合天理啦。男的就是要跟女的，女的就是要跟男的，同性戀，真正是無正常唷。

成都路往中華路的路口紅燈，像一個世紀那麼長。一車子人陷入整個世紀的沉默。

總算等到綠燈，車開了。我說，其實同性戀啊，也沒礙著別人，他們要結婚就讓他們去結啊。如果說遊行，台北交通管制的地方也沒少了，繞點遠路，沒事的啦。

司機搖搖頭，說，不正常的東西，是看了讓人感覺就奇怪欸。

男的跟男的女的跟女的，這不對啦。

坐在前座的朋友轉過頭來，同我們後座的人說，那個誰誰誰和誰誰誰之前是不是說要去美國做代理孕母，你們有沒有聽說最近的消息？我說，沒有啊，這一陣子沒跟他們見面了，想起來他們也在一起好多年了，要帶小孩，還是要趁年輕，過了四十五再帶小孩，想來會很辛苦吧。那個誰誰誰，和誰誰誰，當然是兩個男人的名字。

然後我們說了幾個黃色笑話。我們又談了另一個誰誰誰的分分合合，那些情海浮沉的往事。我們沒再講出「同性戀」與其他的同義詞。我們只是談著，那些同志實實在在的生活。

司機沒再說話。

像是挑釁。然而卻更像是，其實我們不過是延續了酒桌邊上，那些同性戀友人之間平常天南地北交換情報的話題，愛與慾，性與承諾，男的與男的，女的，與女的。我們的聲音很大。我們大笑，大笑裡藏著刻意的刀鋒。那計程車沿著忠孝西路往東開，嘲鬧的氣氛裡頭，隱然有著對峙的緊張。

西門町到林森北並不遠，計程車跳表也就是百來塊的錢。

我遞錢給司機，說大哥謝謝，零錢不用找了。那司機接下了錢，還是沒有說話。

我們下車。

朋友說，那司機終於知道我們是同性戀了，幸好他沒有把我們趕下車。另一個朋友則說，如果中途被趕下車，我們可以另外招一台，這樣還比較便宜。一群人沉默了一秒，然後爆笑出聲。幸好台北是一座還可以拿這件事情開玩笑的城市。幸好，我們沒被真的趕下車。幸好我們沒有選擇沉默。

在條通跟其他朋友碰了面。講到這事，朋友問，這是歧視嗎？

我說不。那是司機的言論自由。

然而那句不正常、那句胎歌——那司機本著他的心說出來的話語，也正是一條刺怎樣也挑不盡的秋刀魚，卡在我們生活的這裡與那裡。婚姻不是必需品。但平權是。沒有人活該被這樣形容。胎歌如何，不胎歌，又如何。日子會繼續，生與死，病與愛，承諾可能崩毀，但新的關係也將從廢墟裡生成。只要日子繼續。

我們就在這裡，所以你最好接受這個事實。

或許真正的平權永遠不會到來，但我們要繼續往前走。我們一群姐妹淘轉進了條通，夜暗的巷弄前頭的路途尚不知是長是短，至於要怎麼走下去，就喝完了這杯酒，再說吧。

你的心會被輾碎的

Dear reader：

我想跟你們講一個小故事。或許，是兩個。

那時候也不過就是下午四點左右，他已經喝得很醉。

其實再之前一週吧，也是差不多的時間，在同一間酒吧遇到，他也已是喝到差不多的程度，情緒很滿，有些開心有些落寞，突然跑到我的桌邊，問我，我可以坐下嗎？便隨即跟我講起自己的事情，從哪兒畢業的在哪兒上班，曾經被哪些人傷害了甩掉了，而他還是希望，能夠得到愛情。

眼看著酒保給他上了第三杯長島冰茶。我問他，為什麼天還大亮的時間，要喝成這樣呢？

那時他問我——今天是星期六嗎？我說是。他說，那明天就是星期天了。而最近的每一個星期天，他的母親，都給他安排了相親。有些女孩子挺喜歡他的——而問題就是，他是沒有辦法喜歡她們的。他說，他很想假裝很想讓那個來自東部較為保守鄉鎮的母親，感到開心寬慰。

他說，但是我不想傷害任何人。

那時也不過下午四點半而已。他開始嚷嚷，我六點要回家，我不想讓我媽擔心。但他從中午開始喝，喝了三杯甚至第四杯長島冰茶，用這樣的方式，傷害自己。

他說自己不想傷害任何人，但他無法假裝。他無法說出，自己喜歡的是男生。他摸著店家養著的兩隻貓，跟我說，這兩隻貓的指甲都是他幫忙剪的。他是一個這麼溫柔脆弱的人。

＊＊＊

最近倒是因緣際會，有個異男朋友跟我說自己入了CD（Cross-dressing）的坑。最喜歡的物件是絲滑軟綿的晚禮服，他會在週末擠出幾個小時，和做妝髮的朋友見面，換上女裝，理整假髮，穿妥旗袍禮服，出門去拍照。他甚至還有一枝專門在戴著手套時，還能滑手機的觸控筆。真是精緻啊。

他說，自己還在練習穿高跟鞋走路。我笑說，多走幾次就行了。而最困難的部分，是如何優雅地穿著高跟鞋上下樓梯，要小心別一個踩空就跌個狗吃屎。

我看著他新開的臉書——當然，是專門放CD女裝的那個帳號，呵，果然就有一組漏網照片，差點就在飯店階梯上踩空摔飛的瞬間。

循著他的臉書帳號，我也去看了看他的好友名單。是許許多多的CD男士們，用他們喜歡的方式，妝點自己。有的說，喜歡女裝大概已經是小學開始的事情，大概有四十年了，而這幾年開始真的覺得，穿上女裝的自己，更像自己，也更自信了。也有的，毫不諱言自己已經是兩個小孩的爹，平時已是留了一頭飄逸長髮，穿著皮靴皮衣，上了全妝載著老婆騎重機跑山路。

我喜歡瀏覽這些檔案。看著那些與我素昧平生的男士／女士們，表現他們自己。當然，有的他們，已經跟家人出了CD這個櫃——也有的呢，暫時還沒有打算讓身邊熟識的朋友知道。而我知道，那位主動跟我表達自己進了CD坑的異男朋友，知道跟我談論這件事情，是充滿安全感的。

我對此充滿感激。

＊＊＊

後來的幾個星期天我都不禁想著——那個為了讓母親放心而總是勉強自己去參加相親飯局的男生，他今天過得好嗎？

我記得，那時候他說，某次，在工作的場合遇到了個多年前傾心喜歡的對象。那絕非什麼令人喜悅的重逢。

他又喝了一口長島冰茶。他已經喝得很醉了，而我叫他別再喝了，並且示意酒保給他一杯冰水。他說——我只是覺得，當初我們沒有在一起，而我真的喜歡他，但我們沒有在一起。而我想我會去結婚的。和一個女性。

於是我問他。如果你為了不傷害自己的母親而去和一個你不愛的女性結婚，那是不是毀掉了你的人生，也毀掉了她的？

「我們都不應該對自己說謊。」我說。

如果只是說出部分的事實，那就算不上說謊。我說。你可以跟母親說，沒有遇到喜歡的女生。她們喜歡你，但你可以不用喜歡她們；你可以不說出自己喜歡男生的事實，但不要勉強自己去結婚。不要用傷害自己的方式，去傷害另一個人。

他似懂非懂地點了點頭。然後他哭出來。

像一個嬰兒一樣。

***

我那位最近喜歡上ＣＤ的異男朋友，做的事情，是滿足自己。使自己快樂。撫摸自己的絲絨手套，便覺得自己成為了另一個更好的更美的人類。

可以暫時離開他人生當中的其他角色——或許是父親，或許是丈夫，或許，是或許或許，每天每天，那些異男們都在承擔著的，世界給他們的期望與壓力，與困境，與傷害。

這些，都可以短暫地被忘記。

照片中的他／她們總是笑得那麼快樂。我喜歡這樣的他／她們。

***

都二〇二二年了——沒有人應該為了一個「去滿足別人心願」的謊言而受到傷害。

不要欺騙你所愛的人，更不要欺騙自己。

那樣子，你的心會被輾碎的啊。

不一定是阿姨

讓我們當一組五音不全的樂器
或許乏善
但能真實地活著

起來讓奶奶抱一下

男女同志雙性戀們風風火火慶賀同性婚姻在各國修成正果，世界各地的跨性別們，只不過是想好好上個廁所。

「當人們講LGBT，我從來都不覺得跨性別跟LGB有著同樣的需求。」她說。

你以為有了同志婚姻，我們就到達了烏托邦嗎？

北卡羅萊納州的夏洛特，早前實施了一項行政命令，允許人們依照自主選擇的性別認同使用洗手間，而有不被歧視的自由。然而，州政府火速簽署的H2B州法，推翻了夏洛特政府的行政命令，要求「本州所有人都必須依照他們身分證件上的登錄性別使用洗手間，否則即屬非法。」

她在六十歲那年向她的孩子出櫃。那時她還是他。他的心理師兒子說，老爸，我有話想和你談談。我有個問題想要問你。她說，該來的終於還是來了。——他對他的兒子說，如果你要問我那個問題，我現在就告訴你一個這世界上只有我自己知道的答案。是的。我是跨性別。她說，還以為他的兒子會驚訝，詫異，但他的兒子只是說：「老爸，謝謝你。我們一直在等妳告訴我們——現在我們有兩個媽媽了。我愛妳。」

而她今年八十二歲了。

她說。我有一個朋友是女跨男。每次我們出門每當我們要上廁所我們都各自前往女廁與男廁。

只是如果在北卡羅萊納，那麼……我這已經做奶奶的人，只好去上男廁，而我的朋友則要以他的男兒身走進女廁。

我真的不知道哪種情形對大家比較好。她說。她笑。

如果他們要確認你的身分證。我真的可以給他們看身分證。她說。

而北卡羅萊納州的Christian花了十五年的時間想要成為Christine。她被逐出家門。她工作。她存錢。同時嗑藥為了她不能是她自己。接受荷爾蒙療程。她自殘為了她不能是她自己。歷經幾次大小手術。她是HIV positive。她曾經試圖毀掉她自己，為了她不能是她自己。在他成為她的過程當中她的心逐漸康復。她每個禮拜跑一趟馬拉松。她開始喜歡自己。可是在最後的手術前夕，她的家人衝進醫院試圖毆打醫護人員試圖阻止他們給她成為她自己的機會。她的律師幫她申請保護令。

在聽證會上，律師問她的家人——如果你們可以選擇，一個健康、快樂、不再自殘與嗑藥，還每週跑馬拉松的女兒，你們為何要一個逐漸毀滅自己的兒子。

她的父親說。如果我們可以選擇。無論如何，我們還是要一個兒子。

但他們不能選擇。她甚至不能選擇她自己是怎樣的人。

她說，她就是Christine。她說我喜歡這個名字。這就是我。

每當跨性別上廁所，每當她們與他們看著自己的身分證每當別人看著她們與他們的身分證，當薪水支票上的「那個名字」不是你想要的「這個名字」，整個世界都在提醒著，妳不是妳自己。

統計上跨性別的經濟處境極為嚴峻。有著較高的自殺率。被解僱。在職場上被歧視。在校園。在每次上廁所的時刻。他們與她們在某些人心中甚至不存在。當百分之十八的美國人說自己見過鬼，只有百分之十六的人說自己認識跨性別。而百分之九十三的跨性別自陳，曾經蒙受職場上的霸凌只因為他們不是別人想像中的「那樣」。

的怎樣呢？

「好比從來不會有人想像這世界上會有個索馬利裔、穆斯林的跨性別。」她說。

但這孩子就在這裡。在明尼亞波利斯。她聰明，靈巧，又健談。

當然你可以秀出資料給每一個學校老師說——跨性別的孩子如果得不到適當的支持他們

的自殺率會是其他孩子的多少倍。你試圖讓他們理解，無論跨性別的權益這件事與你多麼無關，突然之間她或他就去死了。他們，就死了。你真的不希望這個社區的某個人去自殺，去用藥，那麼你為何不多給他們一些支持與關心？生存很嚴峻。生活更是。比如說上廁所。比如說，在餐廳吃飯。比如說即使只是走在街上。

每個人都值得被以他們自己相信的方式被對待。就這麼簡單。

可是又這麼困難。她說。

我輕輕地哭了。她便走到我的座位旁，說，站起來讓奶奶抱一下。那個擁抱如此溫暖，深厚，那是個我的奶奶從來沒有給過我的，前所未有的擁抱。

不要有人為了他們是誰，失去他們的尊嚴

「我的使命，是用我真正的樣子守護這個社群。」她說。

她塗著桃紅色的指甲油，雷朋的太陽眼鏡則是她的髮箍，束起她一頭柔軟的髮絲。研討室的燈光有些清冷，照在她左胸口的金色警徽上，可打亮了整間房間。右胸口的警用對講機，偶然透出沙沙的無線電雜訊，像她低沉沙啞的嗓音。

仇恨犯罪是怎麼回事呢？

她說，身為跨性別女性警官——比如說，當我週末脫下我的制服，換上我的高跟鞋化上漂亮的妝閃亮亮地要出門玩了，有一台車在人行道旁邊停下甚麼也沒有說就把我揍了一頓。無緣無故地，我覺得莫名其妙直到過了兩個街口，噢那裡又有另一個跨性別女性，同一台車上下來了同一批人，他們打她。於是我們就知道了。仇恨犯罪，那是一種模式。

他們並不需要一邊揍你邊罵你是人妖。

仇恨犯罪的行為本身，就足以定義了它自己。她說。

當然，當然，如果有人想要扁我的話，肯定曾被我扁得更慘。她這麼說，我們就笑。她說，可是這個城市，這個國家，這個世界上，絕大多數的跨性別——尤其是跨性別女性——並沒有保護自己不受仇恨傷害的能力。她們被揍被打被扁，甚至是被攻擊被殺害，只是因為她們是跨性別。因為他們是男同志。因為他們是雙性戀。因為他們不符合性別的期待。

比如說，今天我們齊聚這裡而有人知道了這兒有一群LGBTQI，他衝進來用機關槍對著我們掃射。她說。如果這不是仇恨犯罪，大概也沒有別的仇恨犯罪了。

在警界許多許多年，她也曾經把自己藏得很深。很深。

「妳不能用這樣的身分，做這份工作。」曾有人這麼對她說。於是她離開了那單位。來到華盛頓。確定自己的性傾向是非常痛苦的。尤其與這份職業所被賦予的期待，且那麼地衝突。她說。直到她來到華盛頓。

更加痛苦的事情，是每一天，每一天，她看到LGBTQI依然被仇恨犯罪所困擾著。有一天她選擇出櫃，告訴他們，「我的使命，是用我真正的樣子守護這個社群。」

她說。

然而就在這段對話的前一個週末，發生了奧蘭多同志夜店的掃射事件。

即使是像我們這樣的人有時也感到無能為力。她說，上個禮拜準備講稿的時候我知道我們將要討論仇恨犯罪，當時我心中有一幅截然不同的景象，關於我要談甚麼。我該怎麼談，我手邊有許多的統計數據，經過幾年的努力，我們終於開始知道，該如何將仇恨犯罪從眾多罪行當中，辨認出來。

可是上週末的事情讓這一切，都變得不一樣。

她說，當我重新思考我該如何談論仇恨犯罪的時候，第一件事情是讓自己不哭出來。禮拜一早上讀報。試著不哭出來。早上七點半開第一個會，和工作夥伴們稍微談論奧蘭多的悲劇，試著不哭出來。作為一個同志運動的倡議者、一個社群的保護者你知道你必須要引導人們。早上十一點我喝了第二杯咖啡。我試著不哭出來。吃午餐的時候，試著不哭出來。下午三點半我在另外一個會議上說，這個事件不僅衝擊了我們每一個人，大抵也會以某種形式深刻地影響我們的社群。

或許需要幾年的時間吧。或許更久。我們試著，不哭出來。

在奧蘭多許多人因為仇恨失去了許多朋友。

所以我們該如何談論仇恨犯罪呢？我們該如何辨認仇恨犯罪？她說。我們當然可以把這一切都數字化、量化，好比二〇一五年全美國有二十四件殺人案，被定義為源於仇恨暴力。其中跨性別，與不符合性別氣質期待的受害者占了十六件。在二十四個案件當中，有十三案的受害者是有色人種的跨性別者。而在所有仇恨犯罪通報案中，有百分之六十二的受害者指認加害者是他們認識的人——關於這些數字，我們還可以繼續下去。她說。

這些只是統計。若是統計我們可以給出更多數字。她說。可這些人，那些人，每一個在仇恨犯罪中失去生命失去尊嚴的人，他們是我們的兄弟姐妹，是我們的鄰居，同學，同事。這些仇恨犯罪，在告訴我們——因為你是同志，你是跨性別，你是黑人，你是亞裔，你是一個娘娘腔，所以你被羞辱是應該的。你被攻擊是應該的。你去死，是應該的。

但沒有人應該被如此對待。

她說。

曾經有一個時代，許多的仇恨犯罪，甚至來自警察社群對少數族裔的惡意。那是黑暗的時代恐怖的時代。

但現在，我們正面臨一個新的時代，她說。我們正努力讓警察學著更願意傾聽，那就是為何我在這裡。

她說。「我的使命，是用我真正的樣子守護這個社群。希望任何地方，都不再有人為了他們是誰，而遭受到任何的不幸。」

不要再有人為了他們是誰，而失去尊嚴。

讓世界成為安全的所在

一切都太難解釋了。就在我們抵達華府的同一個夜晚，那個夜晚有人開槍在同志夜店殺掉五十個人。就在我們抵達華府那晚，是華盛頓的Pride Weekend，而我們真的不知道應該在這個夜晚慶祝，或者默哀。我們默哀，安靜的一分鐘。

但一分鐘遠遠不夠。那是鼠哭的夜晚而我們甚麼也不能做。

他說，我出身在天主教的家庭。我們想像，為何一個出身在美國長大在美國這樣的國家的人，會做出這樣的事。他們說。為甚麼。或許並沒有為甚麼。並不需要理由在一個多元的國家我們錯愕但我們還是決定要撫平這樣的傷痕。但仇恨也是。仇恨不需要理由。你以為這個世界是安全的所在了嗎？

「他的父親說，同性戀會受到上主的懲罰。」他是穆斯林。

「但其實──『真正的』基督教徒，也會說出一樣的話。」他們便苦笑。所以這是宗教的問題嗎？或許是。也或許不。

你以為這個世界是安全的所在了嗎？

絕對不是。她說，我有一個六歲的女兒。在我結婚之前我是雙性戀我有過一個女朋友。或許兩個。我的丈夫知道我的過去。

我以為他接受。她說。但他其實不。

當他想起我曾經是一個雙性戀他打我。在我來到這裡之前，他打我。她說。我們說，那真的是太糟了。我們只能這麼說。

她說，海地是這樣。女性可以被因為任何理由遭受攻擊。

即使妳不是雙性戀他們可以打妳為了隨便的藉口。

同志遊行？走進人群像你是一個同性戀？那太遠了。那真的太遠了。她說。

他說我羨慕你們台灣。你們有十幾年的遊行但奈及利亞你想要有遊行，就像你張開雙手叫人家來殺你一樣。即使是醫師、律師，那些有地位的人，你在我們的國家公開說你是同志，你的事業就完了。除了離開這個國家之外你難有立足之地。警察可以隨意地逮捕你並要求你五十元美金的保釋金。因為你是同性戀。但諷刺的是，最美好的同志派對在奈及利亞都是由最高層的警官舉辦的，他們擁有荷槍的保鑣確保每一個人的安全。他說。

在一個派對必須有警察守護。他說。

你可以穿得很美你可以像是一個gay，但你不能說你是。那是原則。他說。那是奈及利亞。

你相信嗎？即使奈及利亞政府明天就通過同性婚姻，也不會有人去登記的。結婚？在我們的國家，同志想要的只是牽手走在街上不會被攻擊。不會被殺掉。只不過一個月前，有一個男人被分屍他的屍塊被丟在大街上，因為他是一個男同志他說出了他自己的認同。如此而已。我們離婚姻平權就是那麼地遠，我們的心願只是那麼地小。他說。

那麼地遠。

而迄今在每個地方仍有人必須為了他們的認同道歉。為了他們的認同付出性命的代價。

「我羨慕你們台灣。」一切都太難解釋了。就在華府的這兩天，最悲慘的與最美好的都在這裡。在這裡發生。台灣還是很美好的，即使我們走得還不夠遠，但其實這條路沒有終點。沒有終點的。平權，平等，我們活著。那就是最值得慶賀的事情了。讓我們默哀好嗎？安靜的一分鐘。

停止仇恨犯罪，就是現在。

現在。

我展開我的旅程

「看過了你們的回饋，你們覺得這趟美國旅行，你們都沒有跟跨性別男人開會。嗯，眼前就有一個耶。」他說。

我們驚呼。

幹麼大驚小怪啊你們，不覺得我很明顯嗎？他說。接著爆出豪爽的大笑。

但我一輩子都在跟這種「轉變」的時刻奮戰。打從有意識開始我就覺得被生錯了身體可我以為我可以把我自己放在女性的身體一輩子。可是。一切都從這個可是開始。我的母親在我十六歲時死於乳癌。那時她不過才五十二歲。人生太短，而未來太長，我覺得我無法再這樣下去。

我展開我的旅程。他說。

那是一趟無法回頭也沒有路標的旅程。我的身體不屬於我。從來都不——所以那不是

「變性」手術，手術本身只不過是把我原本的身體還給我，如此而已。我的出生證明給了我一個錯誤的性別，我的父母給了我一個錯誤的名字。這麼多年過後我終於可以成為我自己——他說。

把我的身體還給我。

而只有他西裝褲底下稍寬的骨盆，洩漏他出生時，身體的祕密。

他說我很幸運。我是一個律師我在大學教課。當我母親死後我開始做我自己。我很幸運我生在加州，在聖地牙哥，在一個安全的城市。但如果我的身體不容許我可能無法走到這裡。我可能就去殺掉我自己在一個幽暗的角落不會有人知道。

不是每一個人都是幸運的。

在巴勒斯坦你要當一個跨性別你首先必須來到以色列。耶路撒冷。台拉維夫。任何一個大城市然後你要找到你的糖爸爸。你出售你自己就像你沒有別的選項，你唯一的財產就是你的身體，你出售身體。然後他給你錢。在你把自己放進性工作圈之後你才有機會存夠錢「把你的身體還給你自己」。接著你存了錢你做了手術。你發現這個世界不允許你做一個你想要的工作。

你繼續你的性工作，只是從男妓變成妓女。

這像是一個迴圈你走不出去。他說。

他說我很幸運我在美國我有荷爾蒙療程我有手術可做。

但在墨西哥，跨性別連取得荷爾蒙都不可得。醫院當然可以但他們不會給你。於是你必須要來到黑市。醫生會說，我不能給你荷爾蒙——那是要留給「真正需要的女性」，無法懷孕的，女性，而不是「你」這種人讓你成為「妳」。但醫生可以告訴你哪裡找得到黑市的荷爾蒙。它們好貴。

於是他們去賣。她們去賣。這成為一個模式。

如果有機會她們何嘗又不願意跳出這模式？當你去面試妳覺得自己做得不錯，只是他們從未回電給妳。妳或許過了第一關考試妳來到第二關，對跨性別的歧視逐漸變得幽微，但天啊，身為跨性別妳甚至不知道該如何跟人做愛。她們也是。他們，也是。這個世界甚至不給予跨性別同樣的平等的職位。

尼泊爾四、五年前就開始提供跨性別者專屬的「跨性別」護照。可是四、五年了。你知道有多少人申請那本護照嗎？

二十五個人。只是二十五個而已。

你會接受極為羞辱的檢視。那過程他們問你一切讓你感覺不舒服的問題比如說——你曾經跟男同志做愛嗎？（那麼你就不是。你只是gay。）比如說你上一次跟同性別的人做愛那是多久以前。然後他們開始不談論你。他們把你當空氣他們不容許你談論痛苦的事情。

即使跨性別者想要的不過是一個安全的城市，安全的所在。

我一輩子都在跟這種「轉變」的時刻奮戰。他說。美國的同志運動從來都是白人中心的、男性中心的。就像我，回到我自己之後可以成為一個律師，一個大學講師。我們的兄弟姐妹也應當如此。

為了自己。為了我們所愛的人。

為何要站出來？他問，但真正的問題是——我們為何不？

我們為何不？

費城的夜晚即將開始了

費城的週五夜晚即將開始了。他說，第一次來到美國我多麼想要跟這些美國佬上床。可是我怕。

當我們談論愛滋像一個環繞著我們的詛咒。

當我們談論愛滋，在墨西哥在迦納在奈及利亞在烏干達。在台灣。在費城。在華盛頓。

在墨西哥，即使是醫療人員都可以拒絕給予帶原者應有的醫療照護，因為你是娼妓你不是人。你低等。你是同志。你低等。這個世界為何要花費資源「治療」你？反正愛滋是無藥可救的疾病。他說，他們這麼說。

在烏干達你要做病毒檢測你得付好幾十元美金。他說，可是在華盛頓他們讓你檢測，然後還給你錢。

所以在烏干達檢測率怎麼提升得上來？他說。他說於是他們就死了。

而那些還活著的人們啊，他們根本不在乎。

但在美國，人們談論ＰｒＥＰ，你每天都得吃藥，保險給付你一個月一千三百美元左右的藥費，但會加入ＰｒＥＰ計畫的人其實也就是那些原本就傾向使用保險套的人。跟保險套一樣，ＰｒＥＰ只是個工具。會把它當作安全性行為一部分的人，其實發生未受保護的性行為對他們而言是極為稀少的選擇。他說。於是世界並沒有因為ＰｒＥＰ變得更無害、無毒、無感染。他說，費城十一歲到十九歲的感染者數量不斷攀升。黑人感染者不斷攀升。拉丁裔的社區裡，感染者不斷攀升。

「對美國的白人男同志而言，愛滋是一個政治的議題。但對有色人種社區來說，愛滋，是一個生存的問題。」他說，兩千年以來他們試著重塑華盛頓地區拉丁裔同志社群的歷史，他說——如果我們自己不做這件事情，是不會有人幫我們做的。

可是在某個年代我們的朋友都死了。因為愛滋。於是社群歷史留下了一個巨大的黑洞像個詛咒將我們吞沒。他說。

在我們有同志運動之前，早就已經有同志了。在愛滋爆發的一九八〇年代初期以前，早就有同志了。可是尋求這些口述歷史資料的過程隨著時間流逝，卻越來越困難。因為他們都死了。那些有名字的沒有名字的人，都已經離開了我們。

而我們該如何是好？

當他這麼說我們沉默。他說，愛滋奪走了我一整個時代的朋友。可是現在，人們彷彿認為只要每天吃個藥就沒事了。ＰｒＥＰ或許可以阻絕ＨＩＶ，但不能阻絕其他的性傳染病。

那來自病菌的——對男同志的人規模屠殺，會再一次淹沒我們的社群嗎？

一開始愛滋並不是愛滋。是ＧＲＩＤ。Gay related immunity disease。那是個詛咒其實現在還是。他說在奈及利亞，鮮少有廠商願意生產提供符合我們族人尺寸的保險套。資源是那樣地稀少，且昂貴。他們會說，我只和我的男朋友發生性關係所以我為何要花大錢使用保險套。只是他們不覺得自己其實是在跟男友的每一任男友，有著間接的性接觸。也或許，在某些社區，那些暴力盛行的社區，男同志因為仇恨暴力、因為毫無展望的社會生活，他們根本不覺得自己可以活過二十五歲，他們會這麼說——我何必保護自己反正我不知道我何時會死。

所以愛滋。反正愛滋。反正，我們都不知道，自己何時會死。

他說。

而即使是在某些社區服務單位他們提供你檢測。測出來你是positive，他們只是給你一個電話號碼要你打去，讓醫院接手。像訂Pizza一樣把你轉過去。這樣而已。有的人測出來positive他回家的路上就去跳河，去臥軌。因為他覺得自己不知道何時會死。像一個黑暗的詛咒，世界何以如此廣闊，卻讓人無處可去。

我們有誰不是一天天走向死蔭的幽谷呢。

無論健康、病朽，我們終究不能抵擋這身體終要老去，也總有一天會躺在棺櫃裡，等著別人來看我們一眼。

「而居然還有人說現在已經是『後愛滋』時代了。」從來就沒有甚麼「後」愛滋。那是日常生活，喝醉酒，用了藥，或只是非常非常想要的時候手邊沒有保險套。那是每一個抉擇所帶來的恐懼與承擔，每一個定義了你是陰性或陽性的瞬間，你會如何老去、死亡，健康，或病？那是個每天每天都存在我們身邊的問題沒有任何解答的問題。

病毒不問季節，鬼火般爍迷迷給人指路，終要滿城夜行的不眠者失了方向。

費城的週五夜晚即將開始了。

我們依然憂懼。當我們談論愛滋。

那個吧檯上的男人

「可是，同志們為甚麼不試著『混進』多數呢？那樣不是比較簡單、比較輕鬆嗎？」在酒店的吧檯上，隔壁座位的男人這麼問我。

他問我是甚麼把我們帶來美國，我說，這是一個LGBTQI＋人權的交流參訪計畫。我說我的同僚們，都是在他們國家的人權領域各自耕耘多年的佼佼者。他們站出來為了那些不能站出來的人，他們走路為了那些不能再走的人。為了在路上被殺掉的同志，為了在這個世代終止ＨＩＶ／ＡＩＤＳ，為了跨性別，為了，一個更安全的世界。那是我的同僚們。他們有的是Queen，有的是跨性別，有女同志，男同志，以及異性戀人權律師，人母，人妻。

「我從來就沒有聽說這在美國有甚麼問題。」隔壁座位的男人說。他說自己來自東華盛頓州，兩週了，老婆和女兒都在家裡。他很想她們。來到聖地牙哥出差而他喝著他的飲料，像是一杯可樂，但裡頭有兩個蘭姆酒shots。他說他假裝自己在喝可樂，免得他的老闆發現他每一天都在酒店的吧檯喝很多。

我說，假裝不是很累嗎？混進多數其實就表示你不是你自己。那會傷害你的心靈。假裝喝可樂。多麼輕描淡寫又多麼自欺欺人的一個笑話。要同志們混入多數當然很簡單，一個白人的，中產階級的，鬢角剃得齊齊整整的，男同志。穿上了西裝誰也不會發現，可是，假如是那些無法假裝的人們呢？該怎麼「混入」多數——你正在要求的事情，並不是像把一顆橘子混進柳丁的攤子裡那樣地簡單，而是在一個柳丁的攤子上，有一顆火龍果。

而你要火龍果不能是火龍果。最簡單的方式就是把火龍果跟許多的柳丁丟進果汁機。打開開關。於是再也沒有那顆火龍果了。它被粉碎了。而你知道有多少同志、多少跨性別、多少人的心就這樣被粉碎了嗎？

我說。誰不知道混進多數是一條簡單的、輕鬆的路呢？

但誰又敢說——那樣的路，關於假裝一個你不是的人，是簡單輕鬆的呢？

我告訴他我來自台灣，而我的島嶼上曾經有一個高樹玫瑰少年，因為他是他自己而倒臥在洗手間的血泊當中。那個跟我同年的少年如果活下來，他現在也跟坐在你面前的這個人一樣三十一歲——但他國中都還沒能畢業就死掉了，你懂我的意思嗎？有的人就是無法混進「多數」，而你現在告訴我，我們為甚麼不乾脆躲在衣櫃裡面、結婚、生小孩就好。我說。許多人甚至因為他們的樣貌、性向、認同，被欺凌，被孤立，被殺掉。他們想要好好長大，然後你告訴我，為何不當健康沉默的大多數，那樣就好？

「在我的例子裡，我也是少數。」他說。「我還是認為混入多數是比較輕鬆比較簡單的一條路。」

我問——告訴我，你是怎樣的少數。

他說，我沒有辦法談論這個，他拼摩著自己的婚戒，喝著假裝是可樂的自由古巴。我想他一點都不自由。

我說，你是在科技公司上班嗎？他說是。我便說其實許多的企業，正在告訴他們的員工不要浪費力氣在假裝自己是異性戀。我們付你薪水是要你好好工作，平權對企業而言是一門好生意。他說，噢這真是全新的主意。我說你不要騙我你的公司沒有提供LGBTQI＋平等的就職機會。你們公司的人資在你報到時一定有一張表格述明equal opportunity。他說，噢，確實有。

「我有印象。」他說，「不過問卷裡頭有一個問題欄位我直接略過。我無法勾選任何一個選項。」這時吧檯裡頭的調酒師抬起頭來，問，是怎樣的欄位呢那是個怎樣的問題呢。

坐我隔壁座位的男人說，不，我不能告訴你那是甚麼問題。

我瞇起眼睛說我知道那個問題。那個問題對你而言是艱難的吧，我說。我想那是個你無法回答，你不願意說謊但也不能夠承認的問題。

他說，是。

調酒師還想要追問。我抬起手來說，這位先生不想談論那個問題的內容，今晚就這樣吧。於是我們要了帳單，各自結帳。

電梯很快回到我的樓層。步出電梯時，那男人說，「謝謝你幫我保密。（Thank you for being discreet.）」我說，祝福你，我想你在人群裡面混得很好。祝福你有一個美好的家庭生活，和你美麗的太太，你那可愛的女兒。

而那個問題大約是這樣的：「您願意與我們分享的自我認同是？異性戀／男同志／女同志／雙性戀／跨性別／其他／不願分享」

——我祝福你們。每一個人。

坦尚尼亞的P

Ｐ在坦尚尼亞主持一個ＨＩＶ／ＡＩＤＳ防治的社工機構，是我二〇一六年六月中旬應美國國務院之邀，赴美參訪的同僚。

講起話來總是笑笑的Ｐ，每個早晨，當我們在酒店大廳碰面準備展開一天的訪問與會議時，他會張開雙臂，先給我一個high five，再非常有朝氣地喊出我的名字：「嘉嘉（當然，他發音用的是『Ga Ga』）！我的朋友！昨晚睡得好嗎？」Ｐ的臉上永遠掛著厚厚的微笑，在每個講座與圓桌論壇的問答時間，發問之前，總是非常有禮貌地對講者說，「謝謝你這內容豐富的分享，這使我獲益良多。」

今天午後，坦尚尼亞的Ｐ，從WhatsApp上傳來訊息。

他說，坦尚尼亞的衛福部長正研擬一項大開愛滋防治倒車的禁令。根據該項行政命令，在該國「從事ＨＩＶ／ＡＩＤＳ防治宣導時，若提倡使用潤滑劑即屬違法。因此舉意味著推廣同性戀行為，嚴重違背坦尚尼亞的善良風俗。」

他說，我們該怎麼辦？這項禁令如果當真生效，失效的，將是保險套所給予人們的保護。我將有更多同胞們因HIV而受苦。

他關心他坦尚尼亞同胞的HIV／AIDS處境。身為一個直同志、一個Ally，他說，從事HIV／AIDS防治工作這麼多年，他從來沒有因此變成同性戀。怎麼用個潤滑劑就意味著人們會被「推廣」，變成了同性戀呢？

他問我們——該怎麼辦？

而在遠方的我們除了七嘴八舌告訴他，該怎麼聯繫世界衛生組織、草擬聲明、該怎麼展開一場對抗政府顢頇政令的公共抗議活動之外，其實我們甚麼也幫不上忙。

今天才不過是禮拜一而已。我搓著手，坐在辦公室裡頭看夕陽逐漸落下。

曾經一直笑笑的P，在WhatsApp上傳了幾條訊息，從語氣上感到他有些氣急敗壞。是的，事實上為防範愛滋，各衛生機構推廣以保險套配合水性或矽基潤滑劑的安全性行為早已逾三十年，而我的同僚們啊，他們是在那樣的國度，一個隨意以「善良風俗」為大旗——不顧行之多年頗有成效的防治辦法，就要禁絕倡導潤滑劑使用的國度——他們在那裡從事同志運動。在那裡，他們只不過是擁有一顆比別人寬大的心靈，就為了某個理想不斷前進，明知沒有終點。不會有終點的。

在他們的國家，這些社會運動者的人身安全從未受到保障。在坦尚尼亞，烏干達。在象牙海岸。在莫三比克，在迦納。在盧安達。他們有些人，在「出櫃」還是一項犯罪的國度從事這樣的工作。甚至「幫助同性戀者」也可能讓他們身陷囹圄。他們在那裡推動愛滋防治工作。倡議同志權益。推動女權。照護青少年跨性別。他們在荊棘的路上前進而甚至沒有人幫助他們。

像是P。他甚至不是同性戀。但他說他的組織飽受保守人士抨擊，募資總是受阻。

「這都沒甚麼。」他說。

只是，這些，這一切，讓他無法幫助更多的坦尚尼亞同胞，更遠離HIV。只要再遠一點就好。再少一例。都好。他說。

「這回只好衝了。這次我要跟政府對幹了——不會有第二條路。即使這會引起保守人士的反擊，我也顧不了這麼多了。」對話的最後，P在WhatsApp上傳來這句話。

我不知道P最後下定了怎樣的決心。

但我想起，在聖地牙哥那個離別前的夜晚，我們隨意坐在酒店房間裡飲著啤酒，說著笑話，直到夜非常非常深的時候，「接下來，我們就要回去各自的現實世界了。」我不記得是誰說了這句話，當時房間內十來個人的心跳，都靜了下來。那苦難的現實啊，那艱困的現實。在那些社會運動者根本無法對家人提起自己「從事甚麼工作」的現實世界。那個夜晚P

突然站了起來，甩起雙臂，腳踏地板，哼唱著古老的歌謠，且扎扎實實地舞起來了。

那舞，彷彿房間中心有一叢明亮的篝火，足以照應我們彼此的靈魂，P說，這是用你的身體跟世界、跟祖先的大靈魂溝通。

他告訴我們，舞啊，舞吧，跳起來。

我們跟著P的哼唱，也揮舞著雙手，臂膀，搭著彼此的肩，舞了起來。直至心靈澄澈，直至笑聲貫穿了離別的感傷。

舞完了，P說，「我的朋友們！願我能傾注一切，祝福你們。」

那是來自坦尚尼亞的P。我將等待他成功策反那項無理政策的消息，像我在世界這頭，偶爾想起他厚厚的笑聲一樣。

他看起來是個很好的人

等飛機起飛之前的那一個多小時，我說，這樣有點太多了。

他看起來是個非常好的人。那時我站在吧檯前，正想著我究竟該倒一杯生啤酒呢，還是隨意地拿伏特加調點果汁，琴酒馬丨尼，滿好。他轉過頭來，問我，你要喝啤酒嗎？我說，聽來是個好主意。他就順手多拿了一只啤酒杯，按了生啤酒機的啟動鍵。

啤酒斟得有些滿。泡沫不斷自杯口溢出來。我早先已經選定了座位，他問我，你坐哪呢？

我指指窗邊的座位，說就在那。

他說那我可以坐在你旁邊嗎？

「我去年應該有在日本見過你。」他指著我的短褲，說，你去年也有穿這條褲子來東京吧？我說是嗎？去年我是十月分來的。如果還沒有很冷的話，我應該是穿著短褲的。

他點點頭。

他講得那麼肯定，百分之百的語氣說我們見過。但其實我不太肯定。他看起來是個很好的人，頭髮有些白，並不起眼，戴著眼鏡，或許像是我們會在香港或者紐約街頭擦身而過的中年人。他從美國來，出生在瑞士，講的是德文，法語，和英文。他很喜歡日本，每年至少要來兩次——這次還是從東京進出，接著從鹿兒島一路玩到北海道。兩個禮拜的旅程，中間還碰到一個颱風，「Typhoon, right?」把傘都吹翻掉了，就這樣噗地整把傘吹到臉上真的很嚇人呢你知道嗎？

我知道。那個颱風原本會去台北的，結果臨時轉了方向，就到了日本。

我們去年真的有見過嗎？

他說，我不會記錯的，你是一個好看的人。穿著紅色的褲子，噢你今天還穿了一雙紅鞋。就坐在這個位置。

我笑一笑，說謝謝你的稱讚。

在這趟旅程當中，他還拍了一些影片作為紀錄。我笑一笑，說是嗎？其實我有些累。不太想說話。但他說，你不相信我嗎？其實我相信。他從包包裡拿出攝影機，說不然你看看。

好呀。

畫面上，是個日本男孩的胴體，有隻手握著他的屌。

我笑一笑，說這支紀錄片紀錄得有點太多了。

他說那些日本男孩們真的好，非常有禮貌，身體又非常光滑。我說我知道，但我們在公眾場合，這支影片真的有一點太多了。就是那麼一點點而已。但太多了。他說，噢，太多了。對不起，他說。但我一個人旅行，在日本，我有時候受不住寂寞。自己一個人在旅店，我就找了他們。他們說不露出臉是可以的。

我說，誰不寂寞呢？旅行的時候。

或許我明年還會來日本吧。如果下次還會遇見你那就真的是太巧了。我笑笑。

他說我去年就是在貴賓室見到你的，我們還講了話。我說，你記性真好。謝謝你。

但去年十月當我在日本的時候，我在機場的四樓，而不是三樓這個面窗的位置。他只是想找人說說話吧？他應該只是想要找人講講話。他的班機將在日本時間五點半起飛，而我的是六點整，我希望你旅途平安。

好的，旅途平安啊。那我先離開這裡了，希望不會讓你覺得叨擾。他端起啤酒杯，指向另外一個位置，說他會坐到那邊去。

我們有時只是想要找人講講話。

我了解的。明年我們又會在日本了。祝你一切都好。

夏天就要開始了

法蘭克福老街區的一間酒吧，裡頭音樂聲開得不小，酒後人們講話的聲音自然越提越高，越高。我們倆話講到一半，他突然「蛤？」了老大一聲，我說怎麼，他指著右耳說，助聽器滑掉了，不好意思你前頭剛剛講的那句話，我沒有聽到，邊蹭啊蹭地，把助聽器的耳塞聽筒推回原位。

我下個禮拜要過五十九歲生日了。他說。

若非他提起，光是看著他的側臉還真沒留意到助聽器，一根近乎透明的線從耳廓接進他的耳道。昏黃的燈光底下，他滿腮的鬍子裡頭，剩沒幾根是棕黑色的了。

人到底為甚麼要變老呢？

我常想在這青春至上的男子的國度，哪一個不是納西瑟斯成日垂著臉望水裡看著自己，美或不美。多了幾條皺紋，以精華露化妝水保濕乳液對抗之，以肉毒以玻尿酸以微晶瓷抹除之，生怕自己面容老去風華凋落。然而亦常問自己，我們為何害怕自己變老——他說，一開始戴助聽器時心底覺得不太自在，就怕給人覺得老。但聽力退化只是其一。老去並不是一瞬間發生的事情，而是從身體四處逐漸傳遞的消息。他說。

然而老。時間是給每一個人的詛咒，然而時間，這試煉，往往也是能夠坦然接受它的人，所能得到的最大祝福。

他說像他這樣的一個獨居老人，男同志，在同一幢公寓住了三十三年。高血壓高血脂高血糖，每天要吃的藥，比能吃的澱粉還要多，但偏偏又愛煮飯。煮飯的廚子成天抓著湯勺試味道，試肉試菜試醬料，喝咖啡還要加一大匙糖，老起來更快。但那也沒甚麼，他說，他公寓的隔壁——是同一層樓、門鄰著門的那種，貨真價實的隔壁——住著跟他同一年紀的朋友，也是男同志也是單身，兩個人在同一個集團上班，每天共進午餐，兩個老頭誰哪天沒去上班就知道對方掛了。他說。這樣就有人會去叫救護車。

「他年紀比我還老三天。」他說。說完了笑。「但他超恨我講這件事。」

也沒甚麼。他有台車，有時會開去辦公室，但更多時候天氣允可他就騎腳踏車，踩個九公里到城市的另一邊去上班。他伸出手指，指向東邊，說我辦公室在那個方向。上班來回再去買個菜，一天二十公里，沒有問題。

所以為甚麼要擔心自己變老呢？他說他前男友從他家搬出去之後，仍住在同一個街區，前男友的姪子，一個小男生還不到十歲的，常跟前跟後，喊著李察叔叔、李察叔叔。兩人分手的時候，那小鬼孩哭著說以後會不會見不到李察叔叔了。他說，我就跟他說，你還是可以來找李察叔叔，叔叔煮你最喜歡的那些菜給你吃。他說。這些小孩子，心裡總是知道誰對他好的。

人總是要逐漸變老的。那很好，並沒有甚麼。

有時呢當然也覺得家裡太安靜了，就像今天這樣，就自己走到附近的酒吧來喝一杯。和酒保聊聊天，大家都是老朋友了。

他說，下禮拜，我生日，會有十個朋友來我家，我會準備烤鬆餅、馬鈴薯湯、白蘆筍、麵包火腿和許多的白酒。起司則是餐後甜點……對了，你會做Mojito嗎？其實我沒有在家調過，但接著就是夏天了，今年我想給朋友們準備家常Mojito，算是比較特別的驚喜，能不能跟我講一下最簡單的酒譜，太複雜的我聽完，回家睡了明早恐怕就忘了……

我說我會。

夏天確實是Mojito的季節。我說，你每一年生日，對你的朋友而言都意味著夏天的開始吧。

夜漸深了，酒喝完了。

他說——今晚和你聊天，對我來說，夏天就已經開始了。

柏林沒有邊境

與其說在柏林文學會的駐村書寫時間，不如說生活。每一天我搭車進柏林市區，靠著我破落的德文閱讀路標。在城市裡走路，漫遊，踩進陌生的咖啡店，和吧檯上的人們用英文談天。

我在柏林遇到來自德國各處的人，他們總是說，柏林，因為那堵最為著名的牆的歷史，讓柏林成為現在這個柏林。

拆除圍牆之後城市的邊境就此消失。沒有邊界。沒有極限。

在柏林每一個人都可以成為他們自己，你可以是戀物癖，是同性戀，是ＨＩＶ感染者。你可以是跨性別。你可以是任何人。人們開著東德的小車從街道上呼嘯而過。對歷史的街道按出尖銳的喇叭聲響。沒有人會管你。某種程度上面則是因為他們不在乎。

有些時候，則是太過在乎了。

＊＊＊

人在國外，總是睡得比較不安穩。夢如一班班超速的列車，載著特務、病患、教師與張著牙齒的笑臉駛過某一個車站，卻不曾停下。有時我自己在那班列車上，有時則不是。是這樣嗎？——夢著夢著，突然兩個毫不相干的場景之間的重力場即將塌陷，將世界彼此連結。從床上蝦跳起來，只是柏林萬湖邊的早晨七時許。

不知道認的是床，還是台灣滲到骨子裡的濕氣。

比如說那夢中一場又一場無止的爭鬥，逃亡，大牛皮紙袋裡頭交換的身世的祕密，正變成醒不過來的噩夢。若有一刻我感覺驚懼了，必定是遠方傳來消息夾帶了死亡的刺聲：兒童在溝渠邊蹲著，在駁火的稜線上燃燒。兒童們輪番排出帶血的尿液，在湖岸上挖起彼此的足印和濕泥，而岸線被夜色浸透。走在萬湖邊的我，在不認識的城市街道上有許多陌生人說著陌生的語言，我成為睜眼的盲人，嘗試分辨每個字音並唸出它們，廢墟與混亂當中已有人將店門拉下，那時，才有人將店門打開。

像柏林。夢像迷宮。像圍牆，把現實與幻境分開，直到圍牆倒塌直到高樓一再傾斜直到所有的毀滅都成為Deja vu的空間，像Rosa Luxemburg Platz那幢菱形尖角對街的建築，確定自己見過，更確定自己不曾來過。

我們能夠確定甚麼事情呢？

在夢中或者在現實。那些鑲嵌於磚房前地面銅色的姓名與身世，某某生於某年，於某日被捕，某日殉難。有些房子前面有一塊銅牌。有些則有七、八塊。他們尚且有名有姓，但有些人則只剩下一具不被認領的身體，連死亡的牙齒也不能認出他們的臉來。噩夢過得太長就會成為現實了——比如說，那些只從東邊通往西邊的地道，教堂，石屋，紅磚工廠，電車喀搭喀搭從漂流的靈魂中間開過去。牆能隔開甚麼，夢又能確認甚麼呢？

我往往想要自夢中萃取自己的欲求。但夢正被現實占領，說著同樣的語言的同樣的人們彼此逼壓，殘殺，一座城市像是閃電劈過的樹只剩下根立在那裡。

＊＊＊

萬湖湖畔的早餐時間總是十分幽靜。卻又政治。萬湖如何能不是政治的？這是納粹德國召開「猶太人最終解決方案」的地方。就在湖的對面。一幢堂皇富麗的宅邸。靜如天堂，靈魂的吶喊，則嘈鬧得像是地獄。

萬湖會議之後，有超過六百萬猶太人被殺害。

此後歐洲度過了沒有戰爭的七十年。靜如萬湖的湖水。湖水是一滴血落進去不會發出任何聲音的地方。

七十年，這是歐洲史上最長的和平時期。僅僅是七十年而已。她說。歐洲史上從未有過超過七十年沒有戰爭的紀錄。人們彼此傷害，沒收他們的財產，將刀放進對方的身體，把自己的朋友豬一般驅趕進毒氣室。然後是二次大戰。二次大戰完完全全是德國挑起的，她說，我是德國人，我必須要承認這件事情，這件錯的事情。

當我們談論政治我們談論人的黑暗。我們還在思索為何歷史會是這樣。

她說，柏林就是我的家。在柏林所發生的一切——那道將東西方分開的，人類史上最為荒謬的圍牆，那道，把講同一種語言來自同一個家庭同一座城市一分為二的圍牆——都是我們犯過的錯。

我們真的好想把事情做對。她說。每天早上起床我們都想要當一個好人。

比如說梅克爾。她說，「德國依然開放。」

那時梅克爾正在失去她的選民。因為德國面對難民問題開始傾向了極端的「解決方案」，一種最為直觀的，你與我們不同的，方案。那樣的方案太簡單了。你只要關閉國境，你只要按照膚色區分每個人，就好了。

這是會導向戰爭的。她說。二次大戰是我們德國人挑起的。我們不希望歷史重複它自身但人們會重複他們自己。

我感覺悲觀。然而我們該對歷史保持信念嗎？

我們準備好迎來下一個沒有戰亂的七十年了嗎？

在猶太人遇害最多的波蘭，人們一面紀念殉難者，另一方面則讓自己成為最為種族主義者的種族主義者。她說。英國投票脫歐之後，不計其數的波蘭人從英國搬回了波蘭。她說，荒謬的是，這些人嘲笑英國的保守主義，說「英國就是太放任移民才會導致決定脫歐的反撲，」接下來的話則是，「還是波蘭限制移民入境比較聰明。」而不記得自己也曾經是來自波蘭的英國移民。人們分開彼此像摩西分開大海，然而海水會閉合，人們被分開之後，則只記得仇恨。

但不記得自己為何恨著別人。

仇恨那麼單純。

***

人們總是太快學會分裂彼此，而太晚才學會擁抱。

我們想要和平但我們是否已經準備好面對彼此的差異，相左的意見，不同的性傾向，多變的氣質和彼此無法理解的語言，然後了解彼此。那是一件可能的事。或者不。

當我在德國我想起了台灣。——關於轉型正義。我們準備好看見真相了嗎？

***

所有的問題像是一個沒有止境的夢。但不要忘記醒來就好。是別人把我們綁在這裡或者那裡，歷史與夢與現實的領地往往重疊著，我在那裡——盤旋，躊躇，感覺危險而不安，還有別人把我們綁在這裡，塞給我們論證，安定的話語，好讓我們用繩子與他人之間的甚麼連結在一起。

比如說夢中的那個吻比如說義無反顧的愛或者不愛，在撕扯的光線當中航向最壞的海面，除了一點小雨之外，曾經，我看見一張確信的臉，是誰把它也綁在那裡？

然後光熄滅了我觸摸，但不問為甚麼。

我們終於會醒來而後我們做著一些最壞的打算。

人在國外的時候總是睡得比較不安穩。但夢會沉澱下來，日常將自灰燼與斷垣殘壁之間舒展開來。我掙扎了許久，直到氣力放盡，直到跳下最後一道懸崖，過了幾個小時才彷彿有人碰觸了我，在偶爾河水會淹沒一切的道路上。

***

柏林下了幾天的雨總算停了。我們在Rosenthaler Platz附近的街道走著。他指著我背包拉鍊上繫著的彩虹布條說，聽說台灣最近在婚姻平權方面可能有所前進了。我聳聳肩，說或許吧。

誰知道呢？真是誰知道。

專法這條路德國已經走過，他說。

而且在早幾年前，德國就已確認這是一條毫無必要的歧路了啊。

他說，當初二〇〇一年德國法律僅給予同性伴侶「民事結合」的名義——並且在包括稅賦、領養等法治權益上，縮限同性伴侶的適用範圍——主要是執政者認為「德國還沒有進步、開放到可以接受同性『婚姻』。」他說，政治人物總是這樣，想要標誌自己的理念多麼進步，實際上卻不願跨出那最重要的一步，讓每個人都擁有一樣的權益。我說這跟台灣，或許是世界多數的政治，都一樣。他說，是啊，最好用的理由就是「社會共識」和「城鄉差距」。

截至目前，即便德國聯邦憲法法院已在二〇〇九年做出判決，在法律的所有層面都應給予同性伴侶的民事結合關係等同於異性戀婚姻的權利，但同性伴侶依然沒辦法進入「婚姻」——這項被憲法所納入、所承認、所保護的「法制關係」。民事結合關係擁有實質的婚姻權利與負責的義務，但仍不是一項被寫入憲法的關係。

他說，當時的南德鄉村，還有些政治人物以照顧鄉下選民的政治選擇為由，反對承認同性伴侶的法權益呢。

德國的城鄉差距跟台灣相比，還更大一些，他說。然而城鄉之間對於自由與保守派議題的歧異，更較台灣來得更加荒謬。比如說——面對新進移民議題，最為排外的都是「鄉下」。

「可是鄉下根本沒有甚麼『老外』啊。」他說，說完自己笑出來。

就像柏林——這是一座不需要「同志村落」的城市。

這裡沒有格林威治村之於紐約，沒有SOHO之於倫敦，沒有Boystown之於芝加哥，沒有二丁目之於東京，沒有卡斯楚街之於舊金山——那樣的處所的城市。但這座城市隨處都是同志，LGBT，地鐵施工的看板會畫上兩個親吻的鬍子男，會有無數的中性人走在街上，不需要核心，不需要標誌，不需要宣告你是誰甚至不需要在窗口掛出彩虹旗，不需要彩虹的手環與貼紙：你可以是任何你自己想要成為的人的，這樣一座城市。他說。

我說我希望台灣成為那樣的一個國家。至少，至少從台北開始。

午後我跟他聊著文學，社會，台灣與德國的生活。轉過幾個街角，Hackescher Markt很快到了。他說你知道我們今天繞了這個街區一整圈，然後我們又回到原地了嗎？

我說我知道。

希望台灣的婚姻平權，不用白白繞這樣一大圈路啊。他說。

***

其實無論是德國、台灣，我們都被歷史綁著。被偏見與彼此的歧異綁著。在這裡或者那裡盡情等待明年，季節繼續被綁在那裡，直到另一個銬著手的人經過，才警覺自己已被封鎖許久。

讓我們發明一種新的語言喊著彼此的名字。

從柏林回來之後，讓每一個尋常的日子都開始解放吧。

像那座壯麗無邊的城市啊。

為了他過世的弟弟

那都是為了讓更多人知道關於ＨＩＶ預防醫學的消息。為了我那因ＡＩＤＳ而死的弟弟，如果ＨＩＶ感染可以在我們這個世代終結就好，如果有疫苗。如果ＨＩＶ未來就能夠像天花那樣，成為一種只存在於實驗室的植株，那是我最真切的願望。他說。

二十幾年了。他說。

深夜了。學會交誼廳還沒準備要休息，柏林萬湖邊上的靜夜依舊傳來嘈鬧的笑聲。他們說，我們是否吵到了你？我說噢超級吵，讓我不得不帶著我自己的白酒來制止你們，他們便笑。

那個大個子男人說他來自美國，是個自由記者。

三十年的職業生涯，他有超過三分之二時間在報導資本市場的消息。固定收益產品。債券市場，公司債，國債。他弟弟跟他非常不一樣，是個搞藝術的。他說，我一直以為我弟弟「以後」會是一個非常傑出的藝術家——就像你們來到柏林文學會交流的這些人一樣——

只是他沒有「以後」了。九〇年代他弟弟因為ＡＩＤＳ而死。他繼續報導資本市場。直到債券市場從初級衍生到次級。直到無所可報他覺得這一切都不再有意義。

我弟已經過世十多年了我才在想我能夠為他做點甚麼。他說，「我很想他。」

他便開始寫ＨＩＶ的預防醫學，疫苗的開發，那些藥廠間採不同取徑的開發進程。以及試著進入與ＨＩＶ病毒共活的人們的生活。他寫。從最艱深的醫學名詞到最活生生的人們的故事，他寫。他說其實那些醫學好難啊，我說所以你需要最好的消息來源，他說是。他嘗試理解他的弟弟，還有他的同代人，所有在雞尾酒療法出現之前，那個世代ＡＩＤＳ倖存者的故事。

如果他當時能夠從伺機性感染當中活下來，他現在會是個怎樣的人呢？他說。

然後他問我，告訴我多一些關於你的世代的事情。我也想多知道你的國家。

我說我的世代非常簡單。我所認識的，已知的ＨＩＶ青年感染者從未讓我掛懷，他們定期服藥，病毒量低至測不到，他們有些出了這櫃子而有的沒有。但他們成為一個穩固的社群彼此撐住。永遠最讓人擔心的是，統計上的黑數。那些從未知曉自身ＨＩＶ感染狀態的人們——從十多歲到四五十歲都有的各種人們並不總是願意接受篩檢，只因歧視與偏見封鎖了我們的社群。

你該如何讓一個擔心自己「被驗出」陽性反應的人接受篩檢呢？我說。他說，基於人權理由，我們不可能全面強制篩檢，所以沒有辦法，他們大概是不會去接受篩檢的了。

時不時便聽到哪個朋友的朋友，還不到三十，肺炎走了。還有那個誰誰誰，住院住了好長一段時間。也是肺炎。還有誰誰誰，肺炎。感染性肺炎。多重器官感染。衰竭。但最厲害的還是肺炎。當人們談論那些朋友，當有人提到「肺炎」，大家便「噢」一下。然後沉默。甚至沒有人追問，可能也覺得——追問，甚至不應該不可以不妥當——也會偶爾有人跳出一句話，說，肺炎對免疫力低下的人們真的是一大殺手啊。

大家就說，是啊，是啊。然後沉默。沒有人提到ＨＩＶ，沒有ＡＩＤＳ。我說。

大家都不知道誰是誰不是。甚至很多人自己也不知道自己，是不是。我告訴他在台灣這櫃子很深，深到人們憂懼自己的「是」。只能像美國軍方之前的同性戀禁令，不問，不說。

不問久了人們就覺得這件事情不存在了。但真的是這樣嗎？

他說是以我期望疫苗終有一天會出現，如果每一個人都接受疫苗接種，這病毒或許終能絕跡在你我之間。他說他有許多positive的朋友都過得很好，六十歲上下了的世代，應當還能一起鬼混到七老八十沒有問題。但不要再有下一個ＡＩＤＳ時代了。他說。

我問他還需要多久才能迎來這世代的交替？

應該快了。他說，因為我們必須這麼相信才行。我和他碰了杯子喝掉了最後一口酒，確實我們必須這麼相信。終結ＨＩＶ，就是這個世代了。我們還得更努力一點啊。

我的印尼朋友

我的印尼朋友說，那個見鬼的白人男子只是看到我們兩個亞洲女生在用英文聊天——在台灣——他就覺得有權力可以介入我們的對話，質疑我們用英文聊天的權利。他說，我們為甚麼不用中文。噢我的天，我們兩個唯一共通的語言是英文請問這有甚麼問題呢？「使用一種語言」這件事，是需要被許可、乃至於在某些場合你必須被如此要求的嗎？語言本身就是政治的，如同性別是一種政治。

如同，種族與國籍，也是政治。

我的印尼朋友，在台北國際藝術博覽會上遇到一件怪事。

她和她的香港朋友在茶會上吃著餅乾，聊天——當然，她們講的是英文——聊著即將到來的台北同志大遊行，聊著關於台北這座城市，關於生活與藝術，與夢想。她們正在享受一個美好的夜晚。這時候，一位白人，突然闖進了她們的中間，用中文質問她們，「為甚麼你們是說英文，不說中文？」

她的香港朋友非常有禮貌地說，她們來自不同的國家，使用不同的語言，而英文是她們共通的語言。

那個陌生的白人男子，盯著我的印尼朋友，但跟她的香港朋友用中文說，「她從哪裡來？」

「我是印尼人。」我的印尼朋友說。那是她甫搬到台北不到三個月的時間好不容易將住處與工作都穩定下來，即將正式開始中文課之前，台灣的朋友與室友教她的，一句簡短而溫和的中文。非常得體。適切。大方。

＊＊＊

那個白人轉過頭去向著她的香港朋友說，「為甚麼她是印尼人在台灣卻不說中文呢？」我的印尼朋友說，曾經在一個時代，印尼華人受到怎樣的歧視與對待。即使是現在，在印尼學習華文依然不是一個便利與可得的選擇。——即使我的印尼朋友想，自己即將要在台灣開始學習中文了，但何必跟這位素昧平生，甚至有些唐突硬要加入旁人對話的白人解釋呢？

「為甚麼印尼明明都已經在好些年前解除了對華語的禁令，她要來台灣，卻不花點時間學習中文？」

我的朋友說，我原本想要放生那個老外。——噢其實那個老外在知道我是「印尼人」之後，他甚至一直強調，用中文，說她是在台灣的印尼人她應該要學中文，但只是跟我的香港朋友說話。他甚至不看我的臉他在那段詭異的對話當中對我指手畫腳，他的肢體語言他的表情，都在談論我。但他不看著我。

「像那些印尼家務幫傭，在去香港工作之前都會先學一些中文，才找得到工作。」我的印尼朋友說，其實我只是想要安靜地吃我的餅乾。聽到這句話，卻腦袋一熱很想一拳往他臉上貓下去。

那個見鬼的白人質疑我的國家，我的社群，我的社群的歷史以及我的「整個人」。但他壓根不願意看著我，她說。就在他知道我是個印尼人，一個在台灣的印尼女性。他覺得我應該要「融入」台灣社會——至少要講一些中文，應該要這樣，應該要那樣。但他是誰？我根本不認識他。他挾持我們的對話，他介入我和我朋友的聊天，毀掉我的一個夜晚。只是因為他「會講中文」嗎？只是因為他是一個會講中文的白人，男性？是我太敏感了還是怎樣呢？他的中文甚至也不標準。

Rob，我聽得出來，跟你的中文比起來他的中文肯定是不標準的。她說。

***

因為工作之故，我的印尼朋友甫確定了要搬來台灣的計畫。那年稍早的，二月吧，我們在香港碰了面。那時她說，台灣的生活，是怎樣呢？台灣的LGBT們過得好嗎？

我說——至少在台北，人們算是見怪不怪吧。但其實，其實也就是因為在台北，當妳告訴人家，「我是印尼人，」可能會有百分之九十五的機率，會遇到人們率先預設了妳是家務幫傭。台灣是這樣。我很抱歉妳可能會遇到這樣的情況，除此之外，台灣的生活應該還算過得去吧。我跟她說。

是不是就像——我的印尼朋友說——那場「奇遇」，白人，男性，我真的不懂啊。

其實我想到我的印尼同胞們，他們與她們在世界的各個角落，跟其他人一樣努力地工作著，但永遠有「別人」預設了所有的印尼人在這裡就是做家務幫傭。印尼人，女性，在「別人」的眼中沒有其他可能了是嗎？所以當我們講英文的時候，當我們用英文對談的時候人們覺得「噢妳們夠聰明了會講英文呢。」——接著就質疑妳，既然如此，妳為何不講中文呢？

***

我知道我享有某些「特權」，我的印尼朋友說。我的學歷我的專業。我所能做的。但更進一步，依然不夠。這些都關乎於個人，關於種族，國籍，與性別。

如果連在藝術博覽會上我都必須遇到這樣尖銳的質疑——那麼我難以想像，在其他世界的角落，甚至在台灣，對不起Rob我可能要這樣說，我的藍領勞工同胞們會遭遇到的是怎樣的不人性的對待，怎樣的不被當成一個人，一個女性，一個印尼人。然後一個歐洲男性，白人，他可以講著很破爛的英文和不怎麼標準的中文，質疑我。質疑我們。她說。

這樣的想像是很痛苦的。但也因為這種同理的痛苦，我會戰鬥。

我迫不及待要跟台灣國際移工協會（Taiwan International Workers Association）見面了——看看至少有甚麼事情是我可以做的。Rob，你知道的，這至少是我可以做的。雖然很少，但是我可以做的。

就跟你為你的LGBT同胞們戰鬥一樣。她說。

我總是不願意回想二十一世紀的第一個十年

回想起二十一世紀的第一個十年——其實我總是不願意回想的。那是一個分裂的時代。與不信任的時代。身為一個同志，那個年代是我十五歲到二十五歲的年紀。經歷第一次的同志大遊行，然而同志權益不斷在公領域落空。那個年代的青春少年同志對世界充滿熱情，對愛情懷抱憧憬。奮不顧身地愛了。

像嬰兒一樣。然後被不斷失落的愛情碾軋。而至覆滅。

曾有一個同志學長問我，「一九九九年到底是發生甚麼事情，我們這個世代，為何全都是在一九九九年『出道』？」見鬼了二十一世紀的第一個十年。

同時也是陳水扁第一次當選總統、乃至連任的時代。而馬英九也在同一個十年「班師回朝」。台灣社會快速分裂，那是個不信任的時代。

然而，不管誰當總統，在那個十年，對於同志而言似乎都一樣吧？畢竟二〇〇八年國民黨即已再次執政——「同性戀，並不是和同性上床的那些人。同性戀是見不到政治人物，政治人物也不想見的那些人。」

所以是我們的裂縫。我們是男同志，我們與世界之間，曾經有一個那麼巨大的裂縫。

＊＊＊

該怎麼回想。但我回想。在你我立定之處的此地，此刻，此時。彷彿台灣已經緊握了平權的「甚麼」之際。那個十年，裡邊的各種過程，毀棄，重組，之後在二十一世紀的第二個十年所能夠發生的那些社會的變遷，或許都該是有意義的吧。

於是我回想。政治的。文化的。流行的。像是ＨＩＶ／ＡＩＤＳ，像是California Gym，像是，安室奈美惠。「一切都是隱喻。」都象徵著甚麼。比如說，數過西元二〇〇〇年的那時，千禧蟲沒毀壞銀行交易系統，時至今日已經退休的安室奈美惠，在二〇〇〇年的第一個元旦推出了單曲〈LOVE 2000〉。那個十年的前半，快歌是張惠妹，蕭亞軒的天下，而蔡依林的〈舞孃〉則在二〇〇六年成為舞池經典。

男同志們搔首弄姿。成為白蛇。成為青蛇。成為鳳凰。或者雞。在TeXound與２Ｆ的舞池裡當一個個搖頭擺腦的娃娃。美麗也好。頹廢也好。荒涼也好。那個十年，是整個性別啟蒙時代的裂縫。奇摩交友與網際網路正開始串連我們。我們是美麗的彼此，按個心吧。然後到網路更普及的時刻，我們有了Gay Map。有了Fuckrace。我們熱愛自己的身體並熱愛與他人交歡。

我們不再問「我是誰」。我們甚至不問「你是誰」。

我們不問彼此有沒有明天。

我們問，「Fuck now?」「Fuck later.」「Not horny.」但Not horny肯定是一個謊言。那只是因為，不好意思你不是我的菜。

十年的時間可以讓同志社群成為怎樣的樣貌呢？

那幾年，我十五歲，剛上高中。還是處男。耗費數日完成男同志的自我認同不多久，進了位在台北市男孩路的男子高級中學。二十一世紀的第一個十年——十五歲到二十五歲的年紀，正值花樣年華，青春蕩漾，對世界充滿異樣的熱情，伸出觸角探索所有搽抹過費洛蒙的牆角。對男人也是，像一隻螞蟻。一隻，發情的蟻后。而台北我城，整座城市從世紀末的華麗延伸，舒展，巨大的頹廢正在造就它之後的繁華。像有毒的花蕊，正在不斷舒張，擴展。

***

曾經有一個時代——沒有人想看見我們。甚至，連我們自己都不見得想要看見自己。

所以你問我二十一世紀第一個十年是甚麼樣子的。

那是屏東高樹國三學生葉永鋕，在音樂課上舉手告訴老師他要去尿尿，那時距離下課還有五分鐘。這個男孩從來不敢在正常下課時間上廁所，他總要找不同的機會去。葉永鋕去上了廁所，就再也沒有回來過的年代。

那是個，同志們躲在網路的背後，質問著彼此——「究竟那些去遊行的娘娘腔、扮裝皇后憑甚麼代表我們這些『正常男同志』？」的時代。那是個，講到舞廳講到迪斯可，就必定會被與藥物汙名、濫交、與HIV／AIDS連結在一起的時代。那是個沒有人願意承諾彼此終身的時代。那是個，即使談了戀愛還是不禁自我懷疑，「就算現在再好，到最後還不是一樣會分開」的時代。

當人們可以「就代表自己想要代表的立場站出來」的時候，他們缺席了的時代。

那是個我們尚且被汙名與標籤困縛，受到傷害還得吞下去。甚至進一步傷害自己，的時代。

然而也是同一個十年，窗戶正在打開，島嶼正在浮出。晶晶書庫的成立、同志諮詢熱線、性別平權協會對於性別／愛滋等平權運動的諸多努力、台北市政府舉辦的同玩節，以及同志社群內部自發性推動的台灣同志大遊行等等活動，皆使得同志在面對自我、或者想像平時不可見的社群時，有了更多的力量。

台灣第一次的同志遊行在二〇〇三年舉行——那年僅是只有數百人的規模——而台北西門

町紅樓的同志露天酒吧區，也在這個時代開始發展。那個十年，是台灣的同志第一次能夠出現在看得到天空的地方，衣著完整地與朋友「像個正常人一樣地」社交的地方。

那確確實實是第一次。

我們彼此看見，第一次離開那些餐風露宿的釣人場合比如說新公園、中山足球場、沙崙海水浴場，夏天流汗，冬天淋雨。第一次離開總是位在地下室或者古舊商業大樓不知名單位的酒吧，揮別沾滿衣物的菸味。像辛曉琪的〈味道〉……啊那是上一個十年。總之，那是我們第一次集體現身。第一次能夠說，「我在，你也在。」

幸好你也在。幸好你還在。

那也是光良的〈第一次〉發行的年代，第一次知道天長地久的年代。梁靜茹的〈勇氣〉給予我們勇氣的年代。

那十年間，第一次，同志們能夠像個人一樣地，在日常——而非「正常」——的空間裡交流彼此生活經驗與八卦交流，或者互吐苦水，相濡以沫。愛與被愛，分開，然後再次聚合。

＊＊＊

同志的自我認同，有相當程度建立在「與同志社群有所聯結」的慾望之上，同志的集體現身對於促進個人認同有相當正面的影響，即使只是坐著、即使「只是」談天說地，都能讓同志在回歸日常生活後，包紮好各自的傷口，當一個「正常」的同志。

即使，事實上所有「正常」都是不正常的。

而所有的不正常，也因為其存在，而顯得正常無比。

對於愛的追索，對於性的憂懼，對於未曾傷害他人的色愛之幻想，最終回到的問題卻都是：「我們必須先是一個正常人，才能夠值得被愛嗎？」愛滋病？不正常。男同性戀者？不正常。同性戀的性行為？違背社會良俗。不正常。你就是不正常。你的存在，就是不正常。

很難想像，二〇〇三年首屆台灣同志遊行的參與人數僅寥寥數百人，當時我在其中，多數人遮面蓋臉，站出來了但並不真能站出來。可不過短短十年間，台灣同志大遊行參與人數暴增到六萬五千人，隊伍不僅吸納了來自香港、日本、星馬與中國的同志，異性戀——那些被暱稱為「直同志」（straight）的人們——比例更是與日俱增，一年勝過一年。

是異性戀的父母，帶著小孩。是與同志交好的年輕學生們。是一個母親，舉著張牌子寫，「為甚麼我可以愛男人，我的兒子不行？」是這些人，讓台灣不僅延續了亞洲首宗同志遊行的傳統，更讓它一舉成為亞洲最大的同志大遊行，參與人數遠高於香港、東京等大都會的數千人規模。

因為你的存在，就是正常的。因為我們每一個人都值得被愛。

也是這十年，教導了我們這樣簡單明白的道理。

＊＊＊

在台灣，時間繼續它空前的紀錄……無論我們從文學、電影、音樂讀起，從已經現身出櫃的第一線政治人物身上，再回到每一個我們度過非常日常時刻的空間裡，那個願望是如此地相似——同志，不僅不髒不噁心，也並沒有比較高貴優雅有才華。同志就只是人。會愛會哭泣。會擁抱會親吻。

我總是不願意回想二十一世紀的第一個十年。

但我依然記得。是那樣的一個時代，造就了現在的「我們」。

無論身在何處，是男是女，還是不男不女，或許只是想要有個家，如此而已。怎樣都很好，無論人們是哪些模樣，都挺好的。那樣的社會正等著我們。我們這麼希望著。

那個十年——是的也是那個十年，讓我有了這樣的詩句：

「讓我們齊記住街頭的氣候／即使只有片刻／也要在下一次的風雨來臨之前／令一切得到公平與安置」

我畢竟記得。

怎樣的距離算遠

怎樣的戀人之間的距離，算是遠距離關係？台北與高雄？台中與花蓮？基隆與澎湖？有人說，只要車程超過半個小時就算是遠距離關係了——那麼，大直與深坑，也算是遠距離關係了吧。

「我是台灣人，我的另一半，來自中國……」

「我的另一半來自菲律賓，因為他在台灣工作而相識，只是，他的工作簽證即將在今年九月到期……」

「我是香港人，在台灣念書的時候與我的男友相識。畢業之後，為了時常見面，我考取了空服員的工作，只是為了能夠在繁忙的工作間中，擠出時間和他見面……」

「每次送機送到機場都好心酸，我們，也只是想要有個家……」

這是一個跨國同性伴侶的互助群組，大家在加入群組時填寫的自我介紹。同性伴侶的婚姻得來不易，然而對於這些分隔兩國的情侶們而言，台灣同性婚姻法制化，對他們而言並不是幸福家庭想像的開始，而可能只不過是另一場即將開打的延長賽。他們有的在台灣相識相遇，有的，則是在海外工作時許下了相守的諾言，其中一方是台灣人，另一方，或許來自中國，來自韓國，來自馬來西亞，來自香港或澳門。有的在一起「只不過」兩年，長遠些的，則已經十四五年，更已借助人工生殖技術產下了愛的結晶。

他們是跨國同性伴侶，相同的性別，相同的愛。然而相異的國籍，讓他們的相處相守，平添了變數。

既然性別不是問題，那麼國籍為何應該是？

「能排到飛台灣的班次已經很難了，每次台中往返香港已經要花去六小時，幾乎沒有時間休息。但是為了在台灣和男友把握兩天的時間，就是想要爭取時間見上一面。每天能夠見到面的情侶或許沒那麼懂得珍惜，當台灣的同志爭取到結婚的權利，誰會記得有一部分的台灣人，只是因為另一半不是台灣人就無法結婚？」斯諾說。

有些時候，同志會這麼想——如果我是異性戀就好了。然而這句話對於跨國同性伴侶而言，又多了一層意義。

「為甚麼我不是異性戀？即使國籍不同結婚也不會有障礙。」小莫說。

有的跨國伴侶已經選擇「退而求其次」，先以其他簽證方式在台合法居留。或許投資移民，或許白領工作，或許學生簽證。然而在這樣的選擇之下，關係之維繫，竟也不可免地展現了其階級的、現實的一面——「如果我的另一半不是白領勞工，想想她要取得台灣的工作簽證，會是多麼困難。」貓貓說。

其他的他們，即便以觀光簽證入境台灣，擠出每一次短暫的相聚時光，也不免因為兩地兩國不同的敏感的政治狀態，而面臨常人難以想像的困難。

「我的另一半申請一年多次來台的簽證，之前被台灣主管機關打了回票。因為他在中國的公家機關服務，涉及『敏感身分』，須謹慎研議。即使我已經出面為他做保薦人……」阿偉說。

就法制面而言，即使台灣的同志婚姻法制化，也僅能有本國已通過婚姻平權者，例如南非、美國、阿根廷、法國、紐西蘭等二十六國，法理上應立即承認其婚姻效力。來自其他國家的同志伴侶，則仍可能面臨各種因涉外法令限制而造成的困難。

怎樣的距離算遠？

有人說，睡在同一張床上，而每天想著另一個人，就是遠。

然而也有的人，心即使靠得再近，卻依然沒有辦法睡在同一張床上。

「台灣的７４８號釋憲案出爐，那時我們以為難關過去了。卻發現可能的法案並沒有包含跨國同性伴侶的權益……我們依然不能結婚。即使我們想要的，只不過是和別人一樣，給彼此承諾，在台灣安居樂業，做出經濟的貢獻。」美蘋說。

對於跨國同志伴侶困境，伴侶盟建議從《涉外民事法律》進行修改，可不受限於另一半母國法律，讓同志順利成家。大法官釋憲案７４８號在二〇一九年的五月二十四日，日出了。然而跨國同志伴侶的幸福美夢，在涉外法案修正案尚未到位之前，還是一個遙遠的烏托邦。

倘若只是和愛人緊緊擁抱了，而來不及想之後的那些。比如說婚姻，孩子，幾隻綿羊。不想再暴虐地哭泣，揮別分離像小說完美的結局，即將和老朋友們重逢了，生活，若是說生活，怎麼可能……

那時小莫說——朋友總是問，甚麼時候才能分享我的婚姻。朋友總是說，該有個穩定的對象未來會比較有保障。我願意啊。但是台灣的法律願意嗎？

是啊，台灣的法律，你願意嗎？

性別平等教育是給我們適當的名字

一、同志教育——或說性別教育——真的只是給每一個性少數的孩子，一個可能的名字。讓他們知道自己可以是誰，也讓異性戀的孩子，知道，並不是每個人都是男生愛女生，女生愛男生。男生可以愛男生。女生，可以愛女生。有的男生，覺得自己是女生，也有的女生覺得自己是男生。

有的男生女生，愛的是男生跟女生。教育會讓每個人知道，不管你愛誰你愛的是怎樣的性別，都很好。

就是這麼簡單的道理。其實很多時候，孩子們甚至不需要教導，就懂得了。至於還沒懂得的孩子們，則是從大人口中學會了負面的、攻擊的詞彙，那是他們唯一擁有的詞彙。是以性別教育是重要的。它指物，命名，讓每個人能夠擁有自己的名字，知道自己「可能是誰」。然後，當事物與愛的樣態為光線所照耀，人們就懂得了，其實沒有甚麼好可怕的。

二、我「發現」自己是同性戀的那一年，一九九九年的春天。那些青春的躁動那些對於班上體育股長的醋意大發，有一陣子我根本不知道自己發生了甚麼事情——我對我的死黨在意到幾乎無法與他再當朋友——的那短暫的幾個禮拜。我不知道我自己是誰。

某天午餐時間，班上的一個女孩子跟我在學校遠遠可以看見男孩們在樓下打著籃球的角落，聽我說著自己。

她說，「欸你會不會是喜歡他啊？」我說怎麼可能？

她說其實你可能就是同性戀啊沒有甚麼啦這。

一九九九年，那時候的學校圖書館裡頭還只有一本講性與性別的中文書，可能是一九八九或者一九九〇年的譯本吧，我翻找。同性戀？那會是我嗎？——書裡頭，現在回想起來也就差不多是盟盟最喜愛引用的不知何年何月發表的所謂「科學研究」，說，同性戀者通常有著較低的社經地位，較高的自殺率，較短的平均壽命。通常有憂鬱與自殺的傾向。以及，愛滋病。

同性戀。那是我的名字嗎？我會早死嗎我會得愛滋病嗎我有憂鬱與自殺的傾向嗎？

幸而很快度過了那個荒謬的春天我考進了一所每個人都在翻牆都沒在念書而後被我們暱稱為北一女中南海分校的高中。不用太久的時候我就知道，其實我並不孤獨。我不是世界上唯一的同性戀。我不是。我在高一上學期即將結束時，在班板上說，「或許大家在猜測著，我就不再隱瞞了。我是一個同性戀。當你決定不再跟我當朋友時，我會希望你想想，是因為我這個人，還是因為，我是一個同性戀。」

我的同學們嘻鬧著說，早就知道了。你是不是喜歡那個某某某啊？

我很幸運。但也是在同一個時代的二〇〇〇年，並不是每一個男孩都那麼幸運擁有一群覺得「這沒甚麼」的男孩們。葉永鋕的故事，後來，你們都知道了。

所以當他們說，我們不需要同志教育。當他們說，自己的孩子自己教，我想要啐一口口水在他們的眼睛。但當我這麼想，我只是覺得眼淚快要掉下來。

三、這天下班，我走在古亭的街頭。身為一個同性戀很辛苦，忙了一整天還得去運動。運動前後還得喝豆漿。我走得很快。我的前面有三個少年男女，二十出頭歲的年紀吧？他們在人行道上並肩走著，當前方有腳踏車騎來，我便走到他們的右側，順勢分開了行伍，超越了他們。

他們嬉笑著——是那麼年輕的聲音從我的背後傳來——說，欸那個13、14、15號公投啊，一定都要去投欸……雖然我是直男啊，但是……一定要投啊那個萌萌吼真的是蠢斃了……台灣就是台灣嘛不要再用甚麼中華台北了超奇怪的……三案都要同意啊那有甚麼好說的……斷斷續續的交談，隔著耳機傳來。我並不能每個字句都聽得那樣真切，甚至不確定他們有沒有看到我公事包上掛著的，小小的彩虹旗。

但我真想轉過頭去，對他們鞠躬，說，謝謝你們。

真的謝謝你們。

四、當我們有了名字，我們才能夠為自己生命的一切細微瑣事，找到足以安置的抽屜。是的，我是一個同性戀。我的成長歷程讓我不需要更早知道自己是誰，依然能夠成為我現在的樣子。可是，對於那些非典型的，男身女相的男孩們，那些長得豪邁陽光的女孩們——他們甚至不需要是同性戀，而只不過是不符合社會性別期待的孩子們——早一點知道，其實自己「這樣」，也沒甚麼。他們的人生會不會因此不辛苦一點？順利一點？

一點就好。哪怕是一點就好。

五、同志教育——或說性別教育——真的只是給每一個性少數的孩子，一個可能的名字。你可以是自己覺得自己想要的樣子，因為，那也沒甚麼。

教育就是這樣。它告訴人們一切的可能。你可以是多數，而你也懂得尊重，包容少數。當少數受到欺凌，你知道這是錯的，你知道，你可以為他們挺身而出，因為總有一件事情是重要的。那甚至無關乎他愛誰，你愛誰。教育，是告訴人們，作為一個人的品質，可以是一個擁抱。而不必是謊言，不必是櫃子，不必是那些被倒在同性戀書包裡的廚餘。

其實，每一個人本來就都是不一樣的啊。這根本就沒有甚麼好可怕的。不是嗎？

世界是一幅惡之拼圖

世界是一幅惡之拼圖，我們在底板上逐一拼起語言與記憶的碎塊。餓殍，長舌鬼，油鍋裡的人掙扎著想要爬出來，更多人則被推了進去。這幅拼圖的全景越顯清晰，就彷彿越知道他過去幾個月是活在怎樣的地獄。

朋友說，還是不要多說多想的好。

***

活著的人的事情永遠才是最為艱難的。

他說，「戶籍地三個月前就不准我回家就是了。他們說，『沒關係了。』但我不知道原因為何，所以我想我應該只能回台南。這幾天血糖不足只能喝飲料，身上沒有現金。今天晚上應該會去睡吉野家。三個月前就沒有戶籍地的鑰匙了，他們給了我錢，要我搬出去。他們說，『沒關係。』」

他說，「很抱歉，讓你知道我的苦衷，因為別人家的小孩不會在這種狀況下成長，還當過你的同學，真的很抱歉。」

但我想該道歉的並不是他。是這整個世界對他洋洋灑灑的惡意，或許來自他的家庭，他的職涯，對一個上班前會化妝的電磁工程師所投射的眼光。他說，「換了手機的指紋辨識系統滿有效的，這樣就不會有人發現你用前鏡頭，坐在座位上補妝了。」然而事實是否如此？他說，有一個伺服器無所不在，記錄著每個人的食衣住行收支進出，中間有否甚麼差錯產生了怎樣的誤會？你知道嗎？他問。

我說。我不知道。他並不是突然「變成」這樣的，而是涓滴的懷疑——包括來自家人之間責備他有一張與他母親近乎一模一樣的臉孔，職場上對女性化男性工程師的訕笑，以及，他那總不算太過順利的戀愛。他開始懷疑自己被跟蹤，沒有一通電話可以徹底保密。兩年多來我們束手無策。有些朋友逃開了，有些朋友還在。他不斷詢問我們使用著的是哪一種手機。他稱讚iOS的保密功能，又建議我們將開機也連結指紋辨識。

我們甚至不知道那三個月他怎麼過活的。

一張照片：他將手機搭在東京犬公的耳朵上，露出聽見非常嘈雜尖銳噪音的表情，他說「你必須弄清楚，是誰付錢給你的客戶讓他們對你卑躬屈膝。神犬啊，請你試圖弄清楚這兒所發生的事情，再告訴他們，『你並不是一個惡劣的壞人。』神犬啊，讓我給你一個擁抱，並且說，謝謝你。」

我感覺非常心痛，而艱難。

究竟還有甚麼是我們可以做的？

＊＊＊

每日之間他不斷傳來簡訊說，「如果你這樣被對待的話，你也會認為去館藏拿日據時代的史料編故事書的人，是不是有些問題。」他說，「她為甚麼不編她自己女兒，她偷她女兒的證件不就好了。」「如果有人拿伺服器虐她女兒，她肯定就不敢說話了。」

我問他，你有水與食物嗎你肚了會餓嗎？我們請人給你送點吃的去。

他說，別拿水和食物來要脅。裡面有放藥吧。我說，沒有。

沒有藥。也沒有毒。他深深懷疑每一個人每一件事每一支手機每一種通訊軟體。他說有人知道他以前做很多的事情，趁機拐走他的朋友之後命令他去公園玩。公園裡有人會給他東西吃。他說，他並不喜歡他人看待他的靈與肉，又說那些人，不給肉就瞧不起靈，不給靈的交流，就看不起肉。

三個月前他說戶籍地叫他不要再回去了。他們給他錢，要他搬出來，但錢很快用完了。探望他的朋友說，他身上已經浮現了一陣子沒有洗澡的味道，看了會心疼，難過。

過年的時候，他不知道哪裡來的錢訂了一張單程機票去了日本，尋找「伺服器」。但整個東京都找不到，他身上沒有日幣。在零度的東京夜晚他遊蕩，隔天他找到了台灣駐日代表處，而我接到電話。他說叫每個人都拆掉他們的伺服器可以嗎？拆不完的伺服器在香港，在台北，在東京，在紐約。他說話充滿隱喻像一個無法解開的謎題，好比當時他還有工作的時期，「公司伺服器太多了」、「導致預算出問題了」，這一切將他圍困，像一個繭。

我們買了一張單程機票讓他飛回台灣。他說自己的母親沒有死，在他最為困頓的時候，出現在街頭讓他遇見。

但我母親並不願意與我相認。他說。他說。他說為甚麼呢？

一陣子之前我們聽說他切斷父姓，彷彿那樣可以切斷家庭帶給他的傷害。他不斷質疑iPhone的安全性，懷疑是指紋辨識系統的保密性出了問題，補妝的事情才傳到了公司的人資耳中。

他每一天都打電話給我。說，「欸，歪西，你知道嗎？」我說，我不知道你所問的每一個問題，如同我不知道這個世界究竟是哪裡病了哪兒破碎了，瘋了的或許不是他，而是我，我們，這個世界。當他撥電話給我，我開始在人行道上奔跑，台北街頭響著我的腳步聲但我不可能逃開自己的影子。我害怕極了，每次看到手機螢幕上亮出他的名字我便感到恐懼，像那裡也有人注意著我，準備將我逮捕，捕獲我，會有一個陌生的警察要我出示證件，讓我到警局驗血。他說，你千萬不能跑，驗血結果出來，警察的謊言就會被拆穿了。應該被逮捕的其實是警察。

我說是這樣嗎？他斬釘截鐵說，是的就是這樣，他說羅毓嘉，你千萬不能跑。

我們認識十多年了，經歷過最美好的時代，建中草木不生的操場邊上我們一齊看著籃球男孩們翻身，投籃，進。如果遮陽處不多，我們便毫不羞愧地拿出碎花陽傘，在那底下吸著果汁牛奶，懶洋洋地摺起新鮮屋的紙盒嘴。那是一個多麼遙遠的時代，世界像一幢與世無爭的小木屋，不像現在，這惡意的拼圖散落各地我們卻不得不重新拼起它陰森可怕的樣貌，然後了解，即使不願意了解，他幾個月來只不過為了一天吃一餐飯而所做的，不得不為的交易。

那天我給他兩千元。我跟他說，「祝福你。」

我以為自己開始可以冷血地拒絕他但是我不能。他繼續傳來訊息。

繼續懷疑「伺服器內部充滿了比例與權力的問題」。他說十年前的伺服器，就是靠著這樣的差異壓迫了太多年輕人，十年後的現在，伺服器的數量越來越多了，壓迫卻還是同樣存在，底下被折磨的，都是同一個人。

伺服器拔都拔不完。他說。

他說很多資料都被上傳雲端了，很多餐食都摻了藥。我們問，甚麼藥。他說，實驗後下眼皮爆血的事情不能讓健保局知道。

幾個小時後，我和幾個朋友將在台北車站等著他，在那裡會合。聽說他已經變得很瘦，很瘦，朋友說他交友軟體上寫著露骨的話語，又用法文寫著，「如果整個世界都不愛我了，我為甚麼要愛我自己。」我們想跟他說，不是這樣的。幾個月來，少數幾次夢到他會令我驚醒，他臉上掛著古怪的微笑，搭上一台車，我目送車子遠去，它漸駛漸遠直到在遠方變成一個渺小的黑點。瘋狂與清醒的邊界究竟在哪裡？我們為何一齊被他拖著進入了這詭譎的圈套？我們想要拯救，卻可能連自己都無法逃離。

也不過就數個禮拜前，全台灣都降了冷冰冰的雪。那時他在哪裡呢？

安全之處不知究竟在哪裡。我們齊心拼湊著破碎的線索，這才看清世界是一幅惡之拼圖，我們在底板上逐一拼起語言與記憶的碎塊。時間一小時一小時地過去，我們仍不知約定的時間，他會不會出現。他說台北車站的臨時演員太多了，怎麼會有人那麼有錢，聘請這些年輕夫妻扮演快樂的情侶，「都是要告訴我，當異性戀也是很好的。但我明明就是gay的。」他說。

他說自己「本來會哭現在卻在笑，就是這樣的問題。必須把伺服器拆光，重整，才行。」

這幅拼圖的全景越顯清晰，就彷彿越知道他過去幾個月是活在怎樣的地獄。一個妄想者思覺失調者的符號都有指涉——某個高中同學的名字是批評他的社會價值，日治時期的歷史包袱是所有人事物帶來的過往傷害。鼻炎膠囊是他殘存的自我認同，但是卻越吃越生病——他把藥廠吃垮了，他把自己吃垮了，導演這一切的編輯部主管就是他的父親。他無法重回職場，但事實上他哪裡也不能去。

他的自我早已經粉碎了。

我們閉著眼睛，在不知完成圖為何物的過程中，拼出這幅拼圖唯一可能的全景。

而只有伺服器還在各地發出嗶嗶的傳輸聲音，不斷上傳下載他的資料。那些伺服器保存他一切資料，那些伺服器洩露他的個資，意圖買凶殺死他的伺服器，那個，那個他走遍台北台南上海紐約東京卻遍尋不著的邪惡的伺服器，就是家。

而早在三個月之前，他就沒有家可以回去了。

逆視天河

彼時我還小，住在高雄郊區。光害尚不明顯。要看見銀河並不困難。只要尋得了一塊社區外的泥夯地，在那兒躺著了，眼睛一睜，便是天河鋪流。而大人們呢，並不習慣隨意躺下，他們仰著頭，仰著腰，仰著背。弓起全身力氣像是一個橋撐，才說，啊，「那天河逆流了，你們看到了嗎？」

我和我的爸媽，並肩仰望那白銀鋪緞的天河景象，空缺的，卻總是爸爸背後那些叔叔姑姑奶奶。他們在哪裡呢他們屬於哪一個星雲呢？

父親不說。我就不問。

但我終究不會是他們所欲愛的那種男孩。住在家裡。搬進城市。光更多。星空更少。我追索著自己的命運以為自己是世界上唯一的不正常者。直到現在當然我已經不是了。但一九九八，我以為我是，但吳繼文告訴我，「你不是。」騷亂的青春如一陌生的帝國，少年們選擇人生，練習人生，像一只插座般安安靜靜地等著，有幾個綁著馬尾的少年從樓上跳下去。天河會接住他們嗎？接住他們的靈魂不使他們受傷。但不可能。

星辰是落寞的守墓人。它看著我們，親手鋪飾自己的棺木。

家族史裡頭最正常的人都死去了。最功成名就的人都欠債跑路了。我終於知道自己才是唯一的正常人。並默默地感到失落。

我還是那個男孩在城市的天台上凝視一條逆流的天河。與之騷亂，與之極樂。

只剩下我自己了。

***

那一晚，走出敦南誠品，雨勢正起。我問繼文先生，你有帶傘嗎？他搖搖頭。我又問了，你往哪去——繼文先生說要往公館方向。我說，那我送你一程吧。張開了傘，我跟繼文先生並肩走著，台北初秋迷離的雨陰惻惻地落著，落著。隨意聊著時代，生活，乃至生命。那時候，我們還不知道這天早上，社群內外會被一則年輕男子傷人之後自殺的消息，掀翻開來。

各種臆測猜想，各種標籤轟然而來。往傷者身上貼，往死者身上貼。

＊＊＊

台北的同志遊行二十年了。繼文先生初出版《天河撩亂》，更已是一九九七年的事。讀小說那年我剛上高中，《荒人手記》已成經典，撩亂的天河橫跨一九五〇年代到一九八〇年代的星空，那數十年如同密語和烙印，每一個人，無論同志與否，無論跨性別與否，無論幸福與否，彼此都是彼此的祕中之祕，如星辰般彼此照耀，卻無法碰觸。

而這晚近的二十年，台灣開放了許多。卻還是不斷從櫃之罅隙傳來不幸的消息，葉永鋕死了。楊允承死了。畢安生也死了。

每個時代都有人們如星辰消逝。有的星辰的死亡爆發成為超新星，更多的，只是坍陷為不可見的塵埃。繼文先生在轉乘車站，左右顧盼，問我，是往這兒去嗎？我說，是的。其間我們談著彼此幽微渺小的祕密，明明是第一次見面，座談會後的簽書時間我像個迷妹一樣傻笑，跳躍，繼文先生給我簽完書我轉了個圈，忘了自己背包放在另一邊的椅子上。走在捷運的通道上和繼文先生斷斷續續地聊著，卻更像是一同看過許多次流星雨的陌生人，那般熟悉的離合。

繼文先生問起某次我在文章中淡淡帶過的，我家族背面的歷史。那幾乎離散的我的父執輩啊，跟你是同一個時代。

我的父親是四十四年次。繼文先生瞪大眼睛，指著自己，說我也是。

那個年代——五十年前的台灣社會，在鄉下地方你感覺到自己與其他人不同，你問自己，為甚麼我和別人不一樣。為甚麼會和人群有著格格不入的感覺。沒有人懂。你不相信大人，因為就算他們懂得再多，他們唯一不會懂的，就是你。唯有書本典籍裡壓藏的所有知識，與其中閃爍的不可思議的光芒，成為你的救贖。繼文先生說，於是我靠著這些知識與思想活下來了。成為現在的我。

真真切切這麼幾十年過去了。語言和故事穿透時間，那強烈而又幽微的彼岸之光。

***

而我告訴他——屬於我的這二十年。一九九九正值世紀末，我在高中校園裡認識了我同年代的少年同志們。嘻笑是為了生存，妖冶是一種姿態，抵抗那些同與不同的標貼。但少年同志，有時候也會害怕。害怕傷心難受，害怕一不小心就會因失去而崩解。我們曾經處在那覺得二三十歲已經很老、很老的年紀。可某天醒來，我們自己已在這個年紀。

這二十年間，台灣狂風吹襲般地改變著。有些人脫隊了下車了。但遊行從五百人變成八萬人。或許十萬。網路上，大家烽火四起挑戰著各種敏感的話題；凱達格蘭大道上，人群一次又一次聚集，一次又一次散去，並且再次聚集。在青島東。在濟南路。

吶喊哭泣，鼓掌與歡慶。世界正慢慢地推移著。但好像還不夠快。

時間，是以怎樣的單位在前進呢？我問繼文先生。他說，自己的父親是個深藍，每次當他要罵蔡英文，就連我一起罵進去。罵得極為難聽極為露骨。可是九十歲人了，不可能改變他。其實也不需要改變。再早一些總還是有些親戚會問起結婚的事情，問多了，父親竟跳出來為他遮擋。所以人究竟能不能被改變呢？

該怎麼辦？也沒能怎麼辦。時間會改變一切嗎？繼文先生問了個問題，也像是說給自己聽。

他說，你們這個世代，對於事物的反應實在好快，靈活，又犀利。我們四、五年級啊，在「那個年代」成長，在「那個人」死掉的之前之後的青春期，好難改變的。

***

繼文先生說他有個朋友是ＨＩＶ＋。之前跟家裡出了櫃。父親絕不能接受，母親則是跟他親上加親。

但在那之後，即使是那麼博愛的母親，在家裡晚餐時，還是會給他的朋友單獨備上一份碗筷與菜盤，隔著桌子吃。他的朋友，也從此再沒在原生家庭裡過過夜。即使新年。即使中秋。吃完了飯，就走。是那樣的距離。

即使藥物的能耐已經進展到現在這個當下，難以抹除的偏見與深深烙印的恐懼，還在。還在。知識能夠抹去這恐懼嗎？這恐懼是如何形成的呢？繼文先生問。二十年前誰想得到台灣會是這樣。誰想得到，HIV的藥物能夠進展到這個地步——從《天河撩亂》裡時澄一天得吃十來顆，到現在一天最少只要一顆、一天一次。

誰想得到同志能夠結婚。

誰又想得到，即使我們已經得到了這麼多，敵視與偏見的標籤依舊無所不在。

二十多年前的那一九九五、一九九六，台灣社會騷動著，四處洋溢著一種即將破繭而出的興奮。那或許是一切改變的開始吧？繼文先生說。社會壓力仍舊很大，但在那種壓力之中能夠真實地感到有「甚麼東西」正醞釀著，即使沒有方便的網路，要接觸讀者，還得在自己的書最後面留下電子郵件信箱，每天就收信。還真的有。當時各種年紀的人模模糊糊地探索自己的認同，知道自己是「甚麼」是一回事，給自己找到一個名字，又是另一回事。

＊＊＊

二十多年前繼文先生寫了《世紀末少年愛讀本》，寫下《天河撩亂》。時間的光影在閱讀之間與我的東京我的台北重疊著。東京的港區。台北的林森北條通。既是斷代之史，也是時間重影，旅人複視。

時間改變了很多事情。但事物並不會自己改變。

臨下車之前，繼文先生說，有時候想起邱妙津，總不免想，時代就要改變了啊，如果她能夠再撐一下、再撐一下，說不定就……想了一想，又說，但若不是那樣的結果，或許，時代不會變得這麼快吧……？時空的天河裡，每一個漣漪每一個漩渦，都在彼此改變，是因緣的種子也是相互拉扯、撕裂、而又癒合的星辰。每一個二十年，回過頭去看，我們是實實在在活著的。但這個世代需要的是甚麼呢？我問。

是教育。或許世代的教育可以把台灣再更推進一步吧。教育告訴人們你可以有一個不同的名字，一具不同的身體。你可以了解到，自己並不一定要是別人希望你成為的那個人。車門打開，繼文先生向我揮揮手說，今天真是幸會。幸會。

每一年每一年的遊行，要繼續為那些已不能再前進的人而走。

為每一個世代而走。

貪生

我怕死。

護理師先給我的右上臂綁緊了膠管，來輕握拳，當她要放進來的時候她說，噢你這血管很好插，不用緊張。深呼吸噢。她說。其實針頭插進血管的時候並不會疼。像蜂螫，但無毒，不癢不痛，血液怦然心跳裡，集血試管很快便滿了。

原來血的顏色帶點髒黑。絕不豔紅。像我。

並不須真正得到甚麼，才能學會沉默。曾以為繁盛年華過得飛快，只願死去在生命最豐饒時刻，就好。但針頭插進血管，接下來的問題與答案哪怕如何，才發現原來生命最底，願望竟是那麼簡單。

我想好好活下去。

只不過，血液裡頭藏有一個祕密，一翻兩瞪眼的，不容猜測。

身而為人，我畢竟貪生。

＊＊＊

在疾病面前，我們成為自己的旁觀者，天空中繡滿陌生的名字。

護理師複誦著衛教宣導，ＨＩＶ風險暴露後預防性投藥，在七十二小時內為之，須連續服藥二十八天可大幅壓低感染機率。單次療程要價約兩萬元。風險暴露前的投藥，每月藥費則約一萬三千五百元。

我盯著那管黑血。

想起每一次網路上的邂逅，酒酣耳熱的摩擦，像壺子上熱著黑色的煤油，等誰在半夜去喝它。我駛著一艘慢船開往黑水深處，也沒必要再去猜測它的航向，決定不用保險套的那一瞬間，其實都像玩撲克牌抓鬼。抽牌的時候要記得微笑。裡面的鬼牌不宜過多，但也不會太少。歡慾與愛，終究是難以戒除的癮頭。

嘗過了甜美，卻不能把苦澀的血液抽乾，就也換過了靈魂。

我們談論愛滋，一個環繞我們的詛咒。

聽過許多次了。社群裡的長輩談起那鬼魅般的一九八〇年代，肉身豐美。肉身凋零。那是愛滋病在人群中蔓延最厲害的時刻。愛滋病被說成是個詛咒，天譴，男同志被教育要乖，要冷靜。不要愛，不要做愛。不然一隻手會指向病床上哀哀腐敗的身體，說這就是你以後的樣子。這就是你們。這是你們的同義詞。

有一陣子，總是不乏猥瑣的耳語，說我們所站之處是豢養著病菌的索多瑪城，說，地底相愛之人是要受天譴的。

我少往人聲歡悅雜沓的地方走動，要肉身戰場的金鼓之聲離我遠去。學會收束生活，假裝自己不曾在生人面前寬衣。我不再向神明擲筊，說服自己抽到大凶的不會是我，不要是我就好。直到，我知道我的朋友們不知何時成為了帶原者，而我甚至是從別人口中聽聞這些事的。我這才相信，大凶籤確實存在。像是偶然間發現那箋註記了命運的籤詩，在我朋友的口袋裡給胡亂地塞摺，而我只能不安地看著，甚麼都無法改變。

和另一個朋友幾個月不見，又再碰頭的時候，驚問，怎麼變得這麼瘦了？

說是胃痛。不能好好吃飯。

找個認識的醫生幫你排個胃鏡好嗎？說是好。

約定的時間，人卻沒有出現。又再了過一陣子，聽說走了。也不知道是急性感染還是自殺，不知道。某一陣子朋友們一個個倒下，離開。另一個在美國認識的朋友，明是同志，回來台灣卻被逼著去結婚，那時從言談間猜想他似乎也患了病，結婚？還生了小孩。後來他病發，根本不敢去看他，卡波西氏肉瘤長在這裡。這裡，以及這裡。人變得好瘦，枯乾，最後幾天才鼓起勇氣去看了，說了再見。

彷彿所有的人都正被疾病揀選，沒有人說得清，下一個會不會就是自己。

我很想記得這些。但尋求口述歷史資料的過程隨著時間流逝，越來越困難。因為他們都死了。那些有名字的沒有名字的人，離開了我們。

而我們該如何是好？

朋友說，愛滋奪走了我一整個時代的朋友。可是現在，人們只要每天吃個藥就沒事了。

***

護理師盤點著每一項性傳染病，A肝，菜花，梅毒，HIV。A肝感染率不斷上升，和肛吻固然有關，但也跟飲食共用餐具糞口傳染挺有關係。菜花因人類乳突病毒引起，和子宮頸癌相同，疫苗有助防疫，只不過人類乳突病毒有五百多種亞型，疫苗還是只能防其中最普遍的幾種。梅花有三弄，梅毒有三期，可以治癒，不必拖到第三期影響視力聽力腦神經……

那愛滋呢？

無藥可癒，目前只能將病毒量降到最低，低至測不出。但可以存活許多年。

不死亦不生，不活亦不病，卻為何沒有人能給我一具新的身體。我很想問她。倘若愛已成為這裡唯一的匕首，他們會如何刻我的墓碑。

我很想問。我只不過是想要好好活下去，如此而已。

＊＊＊

那個陌生的大鬍子問我台灣的ＨＩＶ帶原者們過得好嗎？在西雅圖同志遊行的前夕，一個商會派對的午後，我手裡端著抹了鹽圈的瑪格麗特。他問我。

我看著他杯裡的健怡可樂發著氣泡。氣泡逐次上升，破裂。

他告訴我他是帶原者。這年已五十六歲了，十二年前從當時交往十年的男友那兒，得到這玩意兒。他說最一開始，當他們告訴他確診感染的事實，他並沒有準備好。他只跟自己的男友上床。年紀越大越不容易勃起。他們開始未受保護的性行為。他以為他的男友也只跟他上床。他說，他當然這麼認為。但事實卻不是，他笑。其實也沒甚麼，十二年了，還挺健康的，還能派對，飲酒，只是戀愛變得越來越難。他說。

你會以為這是一座開明的城市。但當你告訴別人自己是陽性反應，選擇了坦承，許多人便說，「讓我們當朋友吧。」

坦承。在某些地方行得通。但不是在這裡。——你了解這其中的弔詭嗎？他問我。我說我懂。拒絕的門關上了，於是有人選擇了隱瞞，甚至說一個謊。那也沒甚麼。只不過是讓更多人暴露在風險當中。

這個世界顯然還沒有準備好更友善的環境。

汙名仍存，歧視尚在，寂寞永生。

許多HIV帶原的老人們並沒有準備好。在那個瘟疫的年代，一九八〇年代疾病奪走他們的朋友，他們理所當然覺得自己，也是。理所當然他們活著每一天都像是世界末日，當時並沒有人教他們如何活下來。像暴風裡的帆船。像火山碎屑流前沒有終點的奔逃。沒有人告訴他們該怎麼做，沒有人告訴他們哪裡是安全的港灣，甚麼時候那熔岩將會變得溫馴，變得靜止，直到他們存活下來。於是一切都變了。

他說。他們是最不幸的倖存者。所有朋友都死了，他們揮霍生命的年代並沒有留下任何東西。成為最後一個站在終點線的人。

放眼四顧只剩下自己。

而我已經五十六歲，感染十二年。我還在這裡——那是一件幸運的事情嗎？他說。

「所以，告訴我，台灣的HIV positive們過得好嗎？」他問我。我告訴他，在台灣你仍可能因此被退學、在工作上被騷擾，你的老闆總是好奇於為何你必須在每個月的同一天上醫院去。有些人，跟你一樣，選擇了坦承，於是前途的道路變得更加坎坷。有些人，則跟他們一樣，選擇了隱藏與退縮，回到陰影更深更幽涼的地方。我們的政府建置了雲端藥歷，於是在你看感冒、看牙醫、看耳鼻喉科的時候，也或許得到了調整的處置與差別的待遇——需要開一手小刀的時候，他們告訴你，「這只要吃藥就會好。」只因他們覺得你的血液有毒。

我告訴他，曾經一個下雨的夜晚，我和我的朋友在肯德基分食一桶全家餐炸雞。那時柯文哲還深陷在愛滋器捐的風暴中心，我的朋友淡淡地說，那天稍早的記者會，我的感染科醫師，就站在柯文哲的背後。而我的朋友告訴我，這是一個僅有少數人知道的祕密。他更擔心的是不久的將來，他進職場前的強制篩檢。

當我的朋友們告訴我他們的祕密，我所沒說的是，我也有一個祕密。那年那黑雨的夜晚不久之前，我拖著高燒，腹瀉。急性感染。在身體四處綻放斑斑紅花。告訴自己是流感。如果真是流感就好。

就這樣，過了一陣子燒自退了。疹子隨即消了。

當作甚麼也沒發生。我誰也沒說，亦未曾去篩檢，便這麼過了幾年。

哪個人不是貪著生之慾念，卻又憂懼著死亡與病的侵擾。我為甚麼說不出口？我在害怕甚麼呢——我是在害怕嗎？

他說二〇〇七年那時他到柬埔寨的愛滋孤兒院當義工。七個多月的時間，從十八個月到八歲的孩子都有，被他們的家庭拋棄，為了他們從母親的血液那邊得到不為人所喜愛的遺產。

他說那七個月改變了他的生命，我還是願意相信愛。唯有愛能夠超越一切，超克時間。超克種族與性傾向，超克疾病帶來的詛咒，帶領我們走向美善的一方啊。即使愛那麼簡單，卻又困難，逼近彼此的理解而不可得。他說，我希望自己成為一個正面的例子，我健康地活著，且會繼續活下去。

你相信嗎？

我說，我相信。我說，感謝你的坦誠，我祝福你一切都好。

那個午後，西雅圖的陽光非常美好，派對的音樂開得越來越大。我們談了些別的事情，說了幾個黃色笑話。我又喝了一杯瑪格麗特，那時他問我是否會把他的故事寫下，我說若你願意的話。他湊著那把大鬍子瞇起眼睛對著我笑，說，我願意。

於是我寫下我們的生之願望。

***

護理師說，好了，結果今天晚上六點就會出爐。

她說，即使是固定性伴侶，也試著把保險套慢慢戴回去吧。這道理很簡單。可快活的呻吟無比妖冶，背後自是一幅鬼神的窗簾，悄悄掀開，透出了地獄森然的光線。

誰還管曾與誰交換了黑濃的血液。

我心頭凸了一下，說那我再打給你用代號聽取結果嗎？她說是。她說你很緊張嗎？你額頭一直冒汗。

我說能不緊張嗎若是陽性反應就要看醫生了。

她說，別緊張，又不一定是陽性。況且，還得再做一次西方墨點確認哩。

她講得一派輕鬆而六點很快就要到了。我準備好撥打電話，牌早已抽完離手，準備翻開來的那時，知道自己在這賭桌上坐了許久，可能有鬼牌，可能沒有，開牌的時候沒有第二句話，願賭，服輸。

許多人已死了，活下來的人呢——所能做的，也不過就是跟著那個答案，把自己訓練成一架熟稔氣流的輕航機，搖搖晃晃地往前飛去。

在這個世代終結ＨＩＶ

朋友說，自己和男友兩人預約洗牙的牙醫診所打電話來，表示「因為器具消毒比較不方便的緣故」，不得不取消他們的預約。

朋友與他的男友是ＨＩＶ positive。

好笑的是，他們並不是最近這一陣子才成為感染者。早在四年前初次給該診所處理牙科種種問題的遠遠之前，他們早就是positive了。病毒量也老早就維持在測不到的水準。早先，朋友的男友還給那間牙科診所開了拔智齒的刀。我問他，牙科診所怎麼會突然去查雲端病歷呢？

朋友說，天曉得。大概就心血來潮吧。

最近當我們討論ＨＩＶ。有更多人懂得了其實ＨＩＶ「測不到」就意味著「不具傳染力」，但也有些人，因為「知道這人是ＨＩＶ+」，就給他們不同的待遇。一間會說「因為器具消毒比較不方便」而退掛ＨＩＶ Poz的牙科診所，我想呢，最好不要相信它們的器具都很乾淨。

畢竟，你理當懷疑一下這診所的醫生是不是有正確的消毒知識。

＊＊＊

ＨＩＶ在人體外的存活能力極差。放進消毒櫃不一會兒就死光光了。更何況是病毒量低至測不到——也就是每毫升不到五十個病毒體——的positive，只不過是看個牙醫，又不是要幫positive開腸剖肚。況且，即便是ＨＩＶ positive的醫療人員，根據世界衛生組織的指引規範，只要連續六個月確認病毒量低於每毫升兩百個，就可以回到第一線執刀或其他侵入性的醫療行為，而不會有感染其病患之虞。

缺乏對ＨＩＶ的認識造成了恐懼。

恐懼正好就是汙名的源頭。

病毒量測不到，連無套性交都幾乎不具備感染力。只要有確實、充分的防護措施——在牙醫檯上，就是器械消毒，手套，口罩這些標準配備，牙醫師被病毒量測不到的positive感染的風險是微乎其微。

有甚麼好害怕的呢？

這種差別待遇，就是讓ＨＩＶ positive難以「好好生活」的主因。拒診。退掛。朋友說，他的男友在接到牙醫診所電話之後，想到之後還可能遇到更多更多的不公平待遇，心情不免低落。但朋友說，去想悲觀的未來不會讓路變得更好走。這家診所不給掛，就換一家吧。「不要以為世界是友善的，有些人只是還沒發現可以對你不友善的理由，」他說。

但我們能不能對每一個人，都更溫柔一點？

畢竟這個世界太危險了。充滿了戟指的語言歧視的光線。除了ＨＩＶ，我們生活面臨的風險包括校園與職場的霸凌，川普，登革熱，酒駕駕駛。

還有大冰奶。

***

以當前的醫藥科技進展來講，要positive與ＨＩＶ共存並不是一件難事。難的是這些那些如牆垣陷落的惡意，汙名，與不必要的恐懼。當人們說，positive就是不自愛，就是愛玩，就是嗑藥，就是同性戀的時候，有時則會加上一句，「除了那些垂直感染的、除了那些輸血感染的之外，他們不算。」多麼光明正大，多麼政治正確，多麼磊落。

其實在台灣，垂直感染在良好的孕前篩檢與接生流程的優化控制下，可說已經絕跡數年。輸血感染也透過血源篩檢得到控制。於是，ＨＩＶ病例就只剩下了那些「不自愛的」，淫亂的，多重性伴侶的。

這樣說起來多麼理直氣壯啊。多麼簡單。

在人跟人之間畫一條線，在我們，跟他們之間，畫一條線。

但這對防疫一點幫助都沒有。衛教知識的傳播永遠是防疫第一線的難題，為甚麼要戴套，除了戴套之外還有甚麼方式可以幫助人們免於ＨＩＶ感染，該如何藉由ＰｒＥＰ或者ＰＥＰ（暴露前／後投藥）來降低不安全性行為的感染風險，這些，都該被人們所知。ＨＩＶ在病毒量極低的狀況之下不具備感染力，但歧視與汙名，往往讓一些潛在的感染者不願意接受醫療照護，更進一步成為了防疫的漏洞。

＊＊＊

你知道你的ＨＩＶ status嗎？我不必知道你的。除了法令規定的特定狀況，你也不必然要讓別人知道你的。出感染櫃從來都是選擇。

但只要有不安全的性行為，就應該定期去接受篩檢。

不管你的ＨＩＶ status是甚麼，希望每個人都能好好生活。不必去問他為何是ＨＩＶ，而是要問，「你如何讓一個『害怕自己是感染者』的人接受篩檢？」光是呼籲每個人都行得正坐得直是沒有用的。這個社會應該做的，是接受那些有時踩空了，坐跌了的人，都還是在這張網子裡頭，不會一路往下墜落。

讓需要的人得到照護，讓暴露在風險中的人接受篩檢。讓還不知道自己也有風險的人，得到更充分的知識保護自己。不管你是誰，我是誰，他是誰，讓人「好好生活」，這是一個多麼巨大又微渺的願望啊。

如果可以，就在這個世代終結ＨＩＶ……

我們還要再更努力一點才行。

面對疾病，只有恐懼是我們不需要的

隔著厚重的眼鏡玻璃我的朋友端起酒杯，從杯緣上端看著我的眼睛。意識到他有話要說，我問他，怎麼？他靜靜搖了搖冰塊說，我吃藥剛滿六個月了。我說，噢。H的藥嗎？

他說，對啊，H的藥。

我們沒有說出HIV三個字，可能也不需要。

六個月，好像一場夢。但六個月的時間相較於人生不過一瞬間，畢竟，這藥一吃下去，是整輩子的事情。他說。他吃那組藥一天也就一次，有時候睡遲了趕著出門上班還忘了吃早餐，但總是不會忘記吃藥。只是吃完藥幾個小時，咬胃，才想起，啊今天沒吃早餐。一天兩顆，一白，一藍，病毒量原本還三萬多，吃藥一個月旋即測不到了。我說，這麼厲害。

他笑笑。說喝酒喝酒。

我的朋友去年夏天驗出來，是positive。在那之前他整整六年沒做篩檢。

我沒問他為甚麼這麼久沒驗——我們害怕。我們難道不是在害怕著嗎？我的朋友，他有份體面的工作，早上扎穩了襯衫穿進皮鞋，走進辦公室兜售自己的靈魂，理智上當然知道HIV也就是一種病，早已可以控制，可以與之共存同活，直到死去的那一天再把病毒一齊帶進火葬爐裡去。未來的不久說不定還會有解藥。但它不名譽。它不光彩。它不適合我的朋友，不適合任何一個人。

因為汙名仍存，疾患永生。

寧可被疾病拖進幽黑的水域，莫要懷著疾病在這人世行走。

所以不驗。

他說，頭幾個月每個月都得回診。診間像是個祕密的同學會，臉書上的那幾個人，交友軟體上的那幾個人，他們在心頭說，嗨，你也在這裡。有些人自然地交談，有些人則選擇沉默。然後背負著彼此的祕密離開醫院。後來有些在酒吧遇到，點點頭，然後擦身而過。後來甚至有些在職場上遇到，亦只是交換了眼神，便開始約定的會議。

不問，不說。不點破。也沒甚麼好說。他說。這座城市可能早已淪陷。但能怎麼樣呢。

我的朋友說他早知自己身體有異。沒去篩檢那幾年，肘彎的疹子季節間好了又壞，壞了又好。下巴長出不會好的細微的瘡口。用人工皮貼著，誆著旁人說，都幾歲了，還生青春痘。騙別人，其實騙的是自己。卻還是憂慮著。憂慮但不願承認。每天活在一個清醒的噩夢裡。

他說。

我的朋友他去年遇到一個年輕的男人。極為喜歡。約會幾次試著要把對方拐上床，都沒成。直到那次，急了，問對方我們這樣算是怎樣，對方大抵也慌了，說我是positive，怎麼，現在你知道了你還會跟我上床嗎？

後來，我並沒有跟那人做愛。我的朋友說。

他說他們只是淺淺地親吻。安靜地擁抱。那晚之後他沒再和對方聯絡，對方也沒有聯絡他。

他非常後悔。恐懼毀滅一切新生。是對疾病的恐懼蒙蔽了他自己蒙蔽了往愛前進的可能。

於是他去驗。

驗完了竟然感覺輕鬆。他說，他悄悄地將自己的交友檔案上的「clean only」拿下，之後認識幾個新朋友，開頭便說自己有H。每個人都嚇跑了。

他說，也不錯，這樣的業報。他笑。

十二月一日是我的朋友開始吃藥的紀念日。

國際愛滋日，他說他不會忘記這日子，不會忘記，在確診成為這病之國的國民之前，曾有那樣長的一段時間，他早已站在陰影裡邊，還偏要假裝自己乾淨、清潔。因為他害怕。因為我們恐懼。但面對疾病啊，只有恐懼是不夠的。我們需要知識，需要理解，需要寬諒與擁抱。

面對疾病，只有恐懼是我們所不需要的。

十二月一日

十二月一日是世界愛滋日。愛滋還在。我的感染者朋友們還在。還在這個依然有著差異與歧視的世界，而日子過著。日子過去。這一陣子我斷斷續續寫了些關於愛滋的文章，我不斷想起去年六月底那位當時素昧平生的大鬍子，想起他跟我說自己是ＨＩＶ positive的西雅圖，陽光明媚的下午。

想起十幾年來，我聽到愛滋依然不經意怔了一會兒的那些時刻。那陸續聽聞朋友從negative到positive的故事。

太陽依舊是同樣一個太陽。醫學界終於肯定只要測不到病毒量，ＨＩＶ positive基本上不存在對negative的感染力的事實了，可是歧視還在，恐懼還在。還是有人在用ＨＩＶ／ＡＩＤＳ作為攻擊男同志社群的劍戟，它在某些時刻依然是我與我的社群的同義詞。

但不是這樣的。它可以是一種隱喻，但隱喻從來無助於防疫。無助於每一個人了解：只要有危險行為，就有風險。

***

疾病會如何改變一個人的人生呢？它不只是一天吃幾顆藥的問題，不只是醫療如何演進，從吳繼文先生筆下的時澄在飛機上將十來顆藥丸排列在餐桌上讓鄰座客人瞠目結舌，到現在只要一次一顆，一天一次的改變。不只是九〇年代的愛滋感染者社群受苦於藥物的副作用與它的不知有沒有作用，到當前的第一線藥物投藥一至三個月就可以把血液病毒量降至測不到的改變。

不只是從楊邦尼所寫的藥即是毒，到現在的藥物對肝腎影響並不大於治療灰指甲的口服藥、高血壓藥、糖尿病藥物的改變。

或許也關乎於改變。即使醫療已經改變了這麼多，人們依舊揶揄那些「中裝ＡＤＳＬ」的人，依舊把男同志、藥癮者與性工作者連結在一起。只有ＨＩＶ這種病毒讓感染者必須隱藏自己。必須深深躲進櫃子，必須假裝一個自己不是的人。必須在回診的候診間，用眼神告訴那些認識的人：

「嗨，我也在這裡。」

就像還沒有同志運動的那個年代。

只有眼神能夠傾訴這一切。

十二月一日

那天，我貼了篇關於感染者的文章。有個朋友傳來訊息說，「謝謝你為我們感染者講出這些。」我有些驚愕。他說，感染七年多來，他從未與相熟十年以上的朋友提起這件事。他說，謝謝你讓我有勇氣說出來。

＊＊＊

我與他認識超過十五年了。是怎樣的原因，讓即便是熟識的朋友也不一定開得了口。我不知道。疾病會如何改變一個人的人生呢？

他曾經是科系上的前幾名，聰明絕頂，才華洋溢。他擁有無數機會成為被別人羨慕的那種人。但疾病讓他成為另一個人。自我厭棄，失眠而憂鬱，問著，「是甚麼事情在甚麼時候壞掉了？」而後他放棄了所有的機會。他不自愛。是因為不知道該如何愛自己。他一度去溜冰。而即使是同志社群當中也流傳著，溜冰的人九成都是ＨＩＶ＋。卻沒有人想過，會不會即使有一個人是因為不願意承認自己是ＨＩＶ＋，而去溜冰。

他說，開口好難。他說謝謝你聽我說這些。除了幫他刺青的朋友之外，第一個他告知的身邊朋友。

「要謝謝你讓我感覺坦然。」

感染了好一陣子之後他才開始吃藥。他想要撿回那失去的時間，他想要有更多時間再看一看這世界。

但這個世界從來不鼓勵人們坦然。世界鼓勵人們羞恥。

而羞恥正是防疫最大的漏洞。

我的朋友的人生因為疾病而改變了。我想，改變他的不是疾病，而是人們看待這疾病的眼光。那些感染者們「不得不」，或者被社會文化所圈養所強迫，加諸於自身的毀滅感。

＊＊＊

在世界愛滋日前夕，疾管署發佈統計數字指出，自一九八四年至今年十月底，我國女性愛滋感染者共有一千九百九十六人，遠低於男性的三萬三千五百八十五人，但死亡比例為百分之二十二，高於男性的百分之十六。疾管署表示，不同於男性多數以「篩檢」得知自己罹病，女性感染者多是發病後才確診罹患愛滋，也使得接受治療時間較晚，導致死亡率較高。露德協會祕書長徐森杰則指出，研究顯示，男性感染者九成會接受治療，但女性僅七成，這和社會刻板印象有絕對關係，「甚至有女性患者，因為擔心被誤認為性工作者而拒絕就醫」。

這不只是男同性戀的問題。

不只是醫療的問題。

而是我們如何對抗汙名，如何使感染者不害怕自己，然後我們才能去談如何讓每個人都在風險行為之後接受篩檢，確診之後接受治療，談，人們如何與ＨＩＶ共生存。

這個社會如何與ＨＩＶ共生存。

＊＊＊

疾病可能導致死亡。其實，活著，本身就通往死亡不是嗎？但能夠真正壓碎人們導致靈魂毀滅的，始終都是這個社會。

＊＊＊

過了三十歲我逐漸習慣毀滅。時間像一台巨大的夾娃娃機，從這世界裡頭，取走我們的一個又一個朋友。然後把我們留下，留下來的人尖聲拍打著那壓克力或玻璃的隔間，在電話本裡翻查熟悉的名字，有時從每一個經過的門牌確認自己的地址，被夾出去的人，在業火的灰燼之中收到一張張明信片，寫著我們的名字，這才發現了季節它原來正在變換著。

習慣有人意外走了。有人自殺了。有人病倒了。癌症了，診斷出ＨＩＶ了。高血壓了。習慣這一切但這一切是可以被習慣的嗎？

或許可以。

接下來的故事將關乎於每一個還活著的人，living with HIV healthily。

每一年的十二月一日，如果可以的話讓我們在胸口別上一只交叉的紅絲帶。我們不會放棄任何一個人，請你也不要放棄你自己。讓我們擁抱。讓我們相信，HIV可以就在我們這個世代絕跡。

台啤阿姨的疫情日記

當生活給你檸檬，就抓一瓶龍舌蘭酒。還有一些鹽。
如果還有甚麼是屁一個shot無法解決的事情，那就屁兩個。

（飲酒過量有礙健康。）
（這些道理我們都知道，但我們沒有打算遵守。）

他的五十歲生日

週五的時候我問他，噯你這個生日的週末要做甚麼呀？他說，晚上就和朋友們吃個飯，接下來的幾天，就休息休息。

一轉眼，上回見到他已是我們歐洲旅行的最後那天。當時，誰也想不到，也不過就一個半月之後，整大半個世界火燒一樣的武漢肺炎疫情，會燒得人們無處容身。遠端工作。國境封鎖。視訊會議。強制隔離。郵件往返。一切的一切變得無比超現實，卻又無比現實。

六個禮拜未見。十年多的時間來，這樣的時間間隔已是絕無僅有，可封鎖的時程還在延長，看不到終點的計時加賽，總是讓人心慌。

他說，這不是世界末日。

然後一年過去，明天將是他的生日了。

其實這一年又一年過去，我們並肩見證著整個世界的改變——人們改變著時代的同時，又何嘗不是也被時代所改變著。目擊台灣幽微的痛楚成為龐大的敘事，同志社群中一切形下的愛恨成為的形上的法制的部分，我們一起歷經了三次總統大選眼看著台灣逐漸靠近我們理想中的那個國家的樣子，這所有一切，跟他一起。

這次的武漢肺炎，如此形而下的生與死，帶來的卻是無比形而上的，對愛的痴迷執著，對情的反覆思索。我每天進出公寓，回到家使用肥皂刷著雙手，一天一天，看著國際旅遊警示逐步提升，想的無非是，四月看來已不可能。五月並不樂觀。那麼六月如何，七月呢？再就是八月了。

氣溫上升的時刻他說，希望熱天氣會有所幫助。我猜測著，他想說的是，希望我們可以早些見面。但他沒說出來。

希望我們可以早些見面。但我也沒說出來。或許，也沒有必要。

那天他傳來一個線上的訴願連署，說是要把COVID-19武漢肺炎給「正名」為CCP Virus，中國共產黨病毒。我順手填了，又轉傳給朋友們。我說，可以，這很有趣。他說，不安的世道，人們總是要想辦法給自己找些樂子。

「係我，」於是，也可以用我不熟悉的腔調說起今日的天氣，拿你的語言講相異的街道相左的詞彙，同一句台詞還在反覆——

「你會唔會同我齊走？」

或許吧。而疫病的時刻，我也沒有其他的話了。日子這麼過著。相遇那年。簡簡單單的一個男孩遇到了一個男人，也沒想到事情變得如此尋常，而不尋常。只不過是把生活過下去，就這樣了。那時的自己呀，誰知道呢。

從他的三十九，四十，四十五，然後明天他即將要滿了五十歲。他總是嚷嚷著說羅毓嘉你不要每次都寫那些沒人看的文章，可他罵罵咧咧的時候嘴角掛著笑意。我常說，其實全世界也只有一個人可以這麼對我。而愛情啊，總歸是權力的接受和給予，容許他這麼做，也就是我僅有的溫柔了。

下次甚麼時候見到你呢？我想你了。真是。同我齊走吧。

To your 50, and still fabulous. My dear W. 生日快樂。

——2020.03.29

可是香港還沒死掉啊

「可是，香港還沒死啊！大家！」中國的香港版國安法沒有懸念地通過了，看著臉書上的朋友們紛紛貼出再會了香港，香港ＲＩＰ，香港已死云云的諸多貼文，我多麼想走到每個朋友的面前，搖搖他們的肩膀，大聲說，香港還在努力，香港還沒死掉啊。不要這麼快失去信念。

我多麼想這麼說。但內心深處，我也非常清楚明白，有甚麼東西已經不見了。

2020 - 1997 = 50。可以，這個算式很中國。

台北的雨忽大忽小讓人心情奇亂無比。我甚至無法想像，每個香港人在催淚瓦斯瀰漫的城市在這樣的時節裡，還是要咬著牙，嘗試著把日常生活過下去，就讓我覺得疼痛。空洞，且疼。

***

疫病依然封鎖著各國的國境。而中國要用港版國安法封鎖一座城市。國安法提案那天，熊傳了訊息來說，「你好嗎？」他向來不是會說這種話的人，我有些詫異，邊覺得他是不是被盜帳號，邊覺得他有些別的話想說。我說，我很好，只是擔心香港，我想你。

他說，「噢這樣。」很好，沒有被盜帳號。我在捷運上讀了訊息，眼淚跟著掉下來。那天他說他跟朋友去吃了早午餐，吃完了那時候，銅鑼灣又丟著催淚瓦斯彈，「這感覺真他媽的很真實。」可以，港警正常發揮中，讓人想要反抗，且覺得活著。

覺得活著，是一件必須用整座城市與好幾個世代人的命運去交換的事情嗎？

「天曉得接下來會發生甚麼事情。」他說。不過香港人跟中國人不一樣。不一樣就是不一樣。中國之所以需要香港並不是因為香港是中國的一部分，而是因為需要港幣作為掛勾美元匯率的貨幣，需要金融市場獨立運作，把中國的黑錢運出去。把那些政商勾結的資產洗進國際市場。香港掐著中國的金流。

所以香港跟中國不一樣。所以可以攬炒，可以玉石俱焚。

是怎樣的時代怎樣的國家，讓人必須成天不是想著「生活」，而是想著，「我死了你也別想活著」呢？

空空的，很疼。然後他說，「我們很快可以見面了。」

***

過去兩三年之間，中國的二、三線城市銀行紛紛轉進港股上市。每個案子募得資金折合台幣一兩百億吧。地產發展商，則是陸續分拆了物業管理部門，風風火火地也「去了」香港。一兩年前，地產泡沫壓力湧現的時候，也是這些地產商，在香港籌集了充足流動性的續命資金。

而今年，在美國上市的京東，僱用了十家投資銀行，計畫著要在香港第二上市了。同樣在美國上市的百度，執行長李彥宏則說，「我們不擔心來自美國政府的壓力，因為百度的資本市場選項，亦包括了在港第二上市。」

或許大家還記得，小米在港上市之後不久，董事會便以「答謝雷軍為公司付出的辛勞」為由，給雷軍無償配股。

藥明生物的創辦人一行人呢？則是在二〇一七年掛牌香港之後，將持股從逾73％一路套現減持到僅剩26.9％。

所以，若問，為甚麼中國需要香港？

因為中國是一個無恥國度。

＊＊＊

確實香港的生存變得越發艱難了。我真的想問——如果一場關於生命的鬥爭終將是要失敗的，那麼今日此刻，此時，此地，所做的所有努力，是為了甚麼？如果人皆有死，那麼我們努力地活著，又是為了甚麼？

不是賴活，不是不死。而是好死。輝煌地死。攪炒地死。好好地活過了，時候到了，戰爆了中國，再死。好好地告別。或許這些努力終歸是有意義的。

還是那句話——「台灣人啊。請踩著香港的屍體前進。」

可是香港還沒死掉啊。你會艱難地活下去，直到榮光重歸香港的那一天。對吧。

我是這麼相信的。請你也一定要這麼相信。

——2020.05.28

直到維多利亞港被填平

十年來，日子是這樣子過。聖誕節的週末，要不我飛去香港，要不他在台北。跨年我們則依例是跟各自的朋友，在中環的文華東方，或在台北市政府左近的天台，看著那一年一年彷彿重複著的花火。重複的生活，規律的慶典，都很好。因為重複讓我幸福。然後再過一週，他會飛來台北，拎著我的脖子跟向我敬生日酒的朋友說——「好啦不准再讓他喝了。」然後為我擋掉三杯酒。

朋友說，他板起臉來的表情實在是威嚴得讓人不敢造次！

但今年事情產生了許多變化，閉鎖了的邊境，不再往返台港兩地的班機，甚至港龍航空都撐不住撤了市。政治那廂，國安法通過那一陣子他難得起了些情緒，罵罵咧咧投訴港府的作為。而我剪去國泰世華銀行的亞洲萬里通聯名卡，決定不再搭國泰航空——大概也是不能夠了。有那麼多的不能夠。無以為繼。無能為力。

今年畢竟是一個歷史的大漩渦。朋友問我，你跟老爺多久沒見了。我說二月中，從倫敦回來就沒見到了。亦有朋友問，是不是要趕快把老爺弄來台灣。

其實我都想。多麼想。

但他說，yes, but not now。我想，香港畢竟是他的家鄉。要下定決定離開，終究不是那麼容易的一件事。我說就由著他吧。他是大人了，自己會做決定的。但事態演變得那樣快，每過一個黑夜，又是一個白天，下次的晚餐卻真的不太確定會是何時。今年是那麼奇怪，可科技的演進卻又讓分隔兩地顯得不那麼魔幻——我跟朋友說，若是五十年前，那些因為戰亂而分開的兩個人，生死未卜，寄信講話都不可能，而當代的我們，WhatsApp如此簡單。

我們畢竟是幸福的。那天熊說，I will come back soon to Taipei。他說日子還是這樣過，餐廳酒吧皆封鎖，那就在家煮幾隻大鮑魚，蒸條魚，做了幾個小菜，開幾瓶酒。從冬至開始就是香港人的大日子，家庭聚餐，然後是聖誕節與朋友的相會，再是跨年了。

二〇二〇很快就要過去了——這年，他說，還是要多賺點錢。股市的報酬率依然不錯，不過也是這樣的一年，上海交易所的科創板（STAR Market）超越了香港，成為亞洲IPO募資最多的交易所；而香港，則撿那些中國地產商分割出的地產管理服務商、教育公司，整個香港的新股上市無一不是中國公司。顯而易見地，香港的「國際」金融正在慢慢地被中國抽乾成為「中國的一部分」。

我們還有多少時間呢？直到維多利亞港被填平，直到港島連結了九龍，直到整個「珠江口大灣區」淹沒香港為止，我們還有多少時間？

而我依然想念他。每當他喝醉就會變成一個小孩的臉，每當他冷著臉說「羅毓嘉你要多賺點錢我要吃晚餐欸」的玩笑。

這種等待讓我感覺毀滅。但充滿愛。

二〇二〇改變了許多事情但也讓許多事情變得更加清晰了吧。

時間過去或許時間就會是一切的解答——直到我們下次見面的那一天。

——2020.12.25

我知道我送的花長甚麼樣子

他第一次送我花是二〇〇九年。那時我們剛認識沒多久，我才剛寫完了碩士論文，還在咖啡店打工的某個午後，接到一通電話說「羅先生有您的快遞，請問方便收貨的地址是？」我不疑有他，給了咖啡店的地址。那時花店小哥捧著一束玫瑰進門的時候，我驚呼出來。

字卡簡簡單單地，寫著「A new beginning for you.」

誰知道那個new beginning，會一下就過了這麼多年。

昨天下午吧，花送到了我打算辦個小生日會的酒吧。酒吧的朋友還笑說，羅毓嘉你是不是訂花送給自己？我說我哪有那麼無聊，是熊沒辦法來台北，就派花店送來花。他最喜歡送花，一種老派的浪漫。

字卡也是簽著一個W。挺好的。我拍了照傳給他說，收到花了謝謝你。

他說，「我知道那花長甚麼樣子。」

嘴還是這麼壞，真讓人喜歡。

——2021.01.07

三百六十五天

三百六十五天。整整三百六十五天沒見到這頭熊了，二〇二〇年的二月十三日，我們在倫敦看了瑪丹娜的演唱會。演唱會的隔天，兩個人窩在飯店床上，彼此說了「情人節快樂」，而今天早上，我也是依例打開了WhatsApp傳給他「Happy Valentine's Day.」他也回了訊息說情人節快樂。淡淡的，淡淡的但很深。

其實我們平常也不太過節的，還能相聚的時刻，誰能料到一年下來，光就靠著手機通話和訊息，也這樣過完了整整一年。

是真真切切的三百六十五天啊。

去年的二月十五日，我們在倫敦市區道別。然後過完一個春天，疫情不斷延燒，國際旅行變成奢靡的想望；然後過完一個夏天，香港的政治情勢演變得更加讓人不知該如何是好。然後是秋天，然後冬天。我們不再談論時間。

當他安慰我，他會說——幸好我們去年還見了兩次。他說的是一月，他來了台北看我們台灣人用選票讓蔡英文連任、再次拒絕國民黨，以及二月一路往西的航班，在倫敦在斯德哥爾摩並肩走在北歐的冬雨裡的一整個禮拜。當然是幸好，但沒說出來的是，二〇二一或許能夠見面的機會是更稀少一些。

而他總是安慰著我，他說，「但願疫苗會讓事情變得好一些。」他總是講著安慰我的話，因為他知道我有時想他哭起來就像個小孩。

然後今天，傳聞香港政府正在擬議一項法律修正案，賦予移民局局長禁止人民離開香港的權利。朋友傳來新聞，急急切切說，「別等到上演大時代的兒女分隔海峽兩地的戲碼呀。」我只是苦苦地笑了一下，回說，現在又能怎麼樣呢？

是呀，又能怎麼樣呢？二〇二〇年是個變動之年，但其實說穿了，這十幾年一起的時間，又有哪一年不是呢？

熊總是說，「我們在談論革命，你不要老是在講那些小情小愛的東西。」可每一場革命都是從極小極小處開始的，每天每天地過完了，再來才去看每個每個月。每一年，又一年，再一年。

三百六十五天沒見到他了。這是我們的大時代，也是我們的小生活。

像他過年煮了一整桌的菜，從小年夜忙到初二。昨晚收完了桌子他傳來訊息說，「我要很久很久都不要再做菜了。」日子這樣在過，彷彿有甚麼是我們無法超越的，但也沒甚麼是真的大不了的。

等待無比真切，而我們現在所能做的，也唯有等待而已。直到我們再見的那一天。

情人節快樂。

——2021.02.14

哥吉拉與金剛的真愛

今天星期一。固定是我運動的日子，而他在香港那邊，也是。然後明天又是他的生日了。還真是沒想過這個世道的變化，竟會讓我錯過兩次他的生日。

其實十一年半以來，我們各自在各自的城市裡，總是依循著各自的常規像自己的恆星，自己的帝王，運轉著。星期一運動，星期二飲酒，星期三仍然是運動的日子。國境尚未封鎖的時候，他總是星期四飛過來，而我在燒肉店的吧檯上吃點小菜，等他的班機遲了或者早了，然後度過每一頓晚餐的時刻。

——已經十一年半了呀？時候久了，老實說我都早沒去算已經多久了。在一起，說實話不就是過日子。把日子過下去。每次說話都讓兩個人更靠近彼此一些。

剛在一起那時候我還是個窮學生。頭幾次他飛來台北找我，又買了機票讓我飛去香港見他朋友。那時候我二十四，他三十九，然後我畢業了，工作了，出過幾本書了——今天運動完，跟他說，我差不多要回家了他先是說了晚安，過了三分鐘，又傳來訊息說，「野村有了大麻煩了。」其實我還沒看新聞。就查。查了，總之是個在市場上打滾的資本公司因為保證金缺繳違約，連環爆地影響到了曝險最大的幾間公司，野村，高盛，瑞士信貸，這些金融大手。

「Ah margin call issue.」十幾年前，我壓根兒想不到自己每天就淨是跟他談這些。市場上的黑天鵝，影響隔日股市行情的大小事件，「這幾年到底還要有幾隻黑天鵝呢？」我笑說。其實這一年又一年過去，我們並肩見證著整個世界的改變——人們改變著時代的同時，又何嘗不是也被時代所改變著。

國境封鎖超過一年時間了。十一年多的時間來，這樣的時間間隔自然是絕無僅有。看不到終點的計時加賽，一開始讓人心慌，時間久了，也就不去算了。

還不確定的時代總會想問——「你會唔會同我齊走？」久了，這樣的問題，其實問的人才傻了。小時候喜歡王家衛的《花樣年華》，覺得悵惘才是人生最該體驗的事情，長大了，看了《哥吉拉與金剛》，反而戲謔地覺得，這就是真愛。

或許吧。而疫病的時刻，我也沒有其他的話了。日子這麼過著。相遇那年。簡簡單單的一個男孩遇到了一個男人，也沒想到事情變得如此尋常，而不尋常。只不過是把生活過下去，就這樣了。那時的自己呀，誰知道呢？

今年一月那時候我生日他沒法來到台北，就送了一束花，到我開生日派對的酒吧。今年三月這時，他生日，我也沒法去到香港。就上了網訂了支iPhone給他。

——他媽的他一開始還以為是別人送的。

然後傳了訊息來說，「哎呀你不要花那麼多錢。」

他罵罵咧咧的時候嘴角總是掛著笑意。我常說，其實全世界也只有一個人可以這麼對我。

而愛情啊，總歸是權力的接受和給予，容許他這麼做，也就是我僅有的溫柔了。

生日快樂，my dear W。

我會等著你。

而我知道你也會。這樣就好了。這就是十多年下來，時間教我的事情。謝謝你。以後也請你多多指教了。

——2021.03.29

不要忘了你的幽默感

「再怎麼艱難也不要忘了你的幽默感。來個辨色力測驗吧：COVID-19當前，你看到的是甚麼動物？」

今天，台灣社區傳播找不到感染源的疫情消息，讓很多人嚇壞了。其實我也是。這一年多來，大家都有很多的情緒，但我們大家，也一路一起這樣走過來了。但這樣的時刻我們真的不要再把情緒高漲起來，我們最不需要的就是去找「戰犯」，去怪罪「那些誰」，去責備「都是他們」。

沒有人願意生病，沒有人願意成為「那個數字之一」。

臉書的演算法很妙，動態牆這樣一路滑過去，一面看到有個朋友說——航空公司內控鬆散一定是工會害的，另一面也看到在華航工作的朋友，頗有些委屈地說，所有同仁都盡了最大努力云云，畢竟，誰想要生病。所有人都覺得自己身處在地獄，誰也不願意體諒、或甚至只是看看別人的世界，正在發生甚麼事情。

七個本土案例，以台灣來講真的很多。下午簡短跟老爺講到這件事，老爺說，「其他人要做的就是檢疫，這在香港每天每天都在發生。」每天每天。

也不過就是這幾個禮拜吧，印度第二波大爆發以來，疫情影響到我公司許許多多的同事。上週，公司從英國那邊發信過來，「請大家體諒所有在印度工作崗位上的同仁：他們有的正在病假中，有的才剛恢復過來，而正在大夜班輪值。他們有的在陪伴著病中的家人，朋友。這樣的情形，實在沒有人樂見。」每天每天。而確診的案例不斷增加。幾十萬幾十萬。每天，每天。

每個人都覺得自己身處在地獄。我近幾個月來，也不用多說，酒喝得越來越多。跟一個住在荷蘭的朋友聊天，我說「我的時間感變得很奇怪。」

朋友像是在螢幕那頭聳聳肩，說「那你應該慶幸自己不是在歐洲，這一年多來，我們的時間感變得超級奇怪。」那位住在荷蘭的朋友，已經關在家裡上班一年兩個月，而時間還在繼續推進。

那是每個人的日常。每天，每天。

沒有人願意成為那個生病的人，甚至成為那個「把病毒帶回來台灣的人」。在機場工作的朋友每天每天消毒著雙手，直到破皮，還是要消毒。每天。每天。住在桃園的朋友，則苦笑著說「這次終於不是只有我們桃園了。」林姿妙還在跳針你看我們宜蘭後山有多妙。我也苦笑。傳了訊息要爸爸媽媽暫時先別往羅東市區去。

今天午後，又和一個香港的同事閒聊。他說，昨晚我有點發燒，我整個偏執起來慮病起來想說，會不會是COVID？但我可是他媽的已經接種疫苗了耶。我笑笑說，你就知道我們男同志多年以來面對ＨＩＶ，是甚麼感覺了吧。我說了一個地獄笑話，但又很真。

如果有甚麼是疾病教我們的事，那就是，面對疾病，我們最不需要的就是恐懼、責難，和耽溺在自己的地獄裡。

一起把這段非常的時光走完吧。每一個人一起。

——最後，還是那句話：「再怎麼艱難，也不要忘了你的幽默感。」雖然很艱難，但我們終究會走過去的。

——2021.05.21

沒有考一百分也沒關係

Dear Taiwan Beer：

我們真的很想考一百分。如果可以，誰不想呢？

幾年前吧，有一次我下了班去吃麥當勞。隔壁桌子坐了一對母子，兒子大概是國小三、四年級的年紀吧，桌上也沒見到麥當勞的食物，倒是放了一張應該是甚麼科目的考卷。媽媽雙手抱胸，臉色不好看，想來是孩子考得不理想吧。那樣的表情，從小到大，我們都很熟悉。然後媽媽開了口，甚至還拍了一下桌子，「你說，你為甚麼只考九十二分？你說。」那個小男孩的臉，就這樣，埋進桌子裡面去。

我常想，很多很多的台灣人，即使長大成人了，內心那個低下頭去的小男孩，始終沒有離開。

如果努力就可以考一百分，如果好好念書就可以考一百分，如果考試當天沒有肚子稍微不舒服。考了一百分就不會被罵了。如果不是考了一個九十二分那樣的分數。

***

我們有時候就是太想考一百分了，面對許多事情都是。甚至包括疫情。防堵疫情於境外，我們想考一百分，社區疫情爆發，我們不只是為了自己，也為了其他的大家，每一個人，如果每個人都考一百分，疫情就可以控制下來了。真的，如果可以，誰不想考一百分呢？

但很多事情，並不是一百分不一百分的問題——

如果小時候有人告訴我們，沒有考好也沒關係，只要你知道自己哪裡做錯了就好。鬆懈了的防疫，把發條上緊了就好；缺漏的制度，把法制規範確立了就好；群聚作樂會感染，這些行為停下來就好；即使甚麼都不做還是有感染的風險，那就再更加把勁管理個人的衛生，摸過外面的甚麼東西，酒精噴好噴滿，就好。

因為我們面對的是疾病，是病毒，是那麼詭譎多變的東西。它變化得那麼快，那麼頑強，無論我們做得再怎麼好，它已經存在這裡了，要把感染的風險降到完全等於零，是非常困難的。

徬徨嗎？焦慮嗎？覺得為甚麼我都能做到的，你做不到呢？這些情緒的反應，都是很正常的。為甚麼別人可以考一百分，你做不到呢？有時候，我也會想，我們內心也都有著一個，會為了兒子只考了九十二分而拍桌子的媽媽。

***

只是從小很少有人會這樣告訴我們：「無論結果如何，都沒有關係的。」

況且我們面對的是一場瘟疫呀。

***

全國的三級警戒，毫無意外地延長到六月中旬了。屆時，或許有著更長的封鎖等著我們。更荒謬的爭吵，更激烈的情緒，更尖銳的對立，都不會是讓人太詫異的過程。在家上班很讓人崩潰，在家上班的時候小孩也在家可能更恐怖，但好好吃飽每一頓飯還是重要的。無論這場封鎖將有多長，它總會有結束的一天。

和疾病共存在同一個世界裡面，將會是未來的常態。COVID-19教了整個地球這一課，若要說一個男同志的笑話，那就是——我們男同志早就在ＨＩＶ那邊先學過了。會慮病，會有標籤，會汙名化，會這樣那樣凡此種種，但事情會一步一步好起來。因為會有疫苗，會有更好的藥物，大家也會更懂得如何保護自己。

所以我們可以這樣說——「無論結果如何，都沒有關係的。」

Taiwan Beer，期待與你在吧檯上重逢的那天。

——2021.05.25

我們是勇敢的台灣人

Dear Taiwan Beer：

今天早上，突然想起自己第一次去日本的事。有朋友提起了「豪斯登堡」，然後說，「啊，好九〇年代的感覺。」才到了晚上，就看到新聞，說由日本提供的ＡＺ疫苗逾一百二十萬劑，明天要搭日航的班機來到台灣。疫苗的新聞很讓人振奮，台日友好，也是真的。但我要講的不是這個。

一百二十餘萬劑。以最嚴格的兩次施打來看，可以擴大規模保護人們免於COVID-19的重症威脅，並提供身邊所親愛的人，相應的保護。不過在有效率地推動施打之前，今天我們又看到了讓人憂心忡忡的苗栗群聚感染，感染數字持續上升，或說，在短期的未來持續慢滾擴大，可能是不可免的。

今天有朋友低聲說了，「看來六月底降回二級的機會不大。」

我要說，先別管六月底了。看看九月吧。

接下來的生活，大家都要以未來三個月甚至半年，「能夠在最低度外出活動的狀況之下維持生活的品質」來規畫。沒有對解封、或警戒降級的過度期待，就不必花太多力氣擔憂，並處理那些期待一再落空的心理壓力，甚至創傷。

* * *

接下來的兩個月三個月，整個夏天吧，就當作——沒有海灘了，沒有登山了。沒有酒吧，餐廳，與健身房——這樣來安排。你要怎麼過？因為你不可能一直都在家喝酒，你也不可能三個月一直都在看Netflix。

警戒升到三級，將近三個禮拜的時間，你多做了甚麼事情呢？

我今天最得意的事情，就是在我每兩三天外出採買的清單上，寫下了「磨刀石」。

即使是三個禮拜前，不，即使是三天前，我這輩子都不會相信我會想去買一口磨刀石。

當年三十六歲的羅爸，已經是個九歲小孩和一個六歲小孩的爸爸。而三十六歲的我，為了不讓羅媽擔心我一個人在台北會餓死，開始學做菜。

Dear Taiwan Beer, 是的，我就是巨嬰。但比台北市長不巨一點。

***

Dear Taiwan Beer，我第一次去日本就有去長崎的豪斯登堡，住過一晚。

那時候我國小三年級，一九九三年的事情吧，去程的航班是華航的桃園—福岡，回程航班是東京羽田—桃園的班機，一樣由華航執飛。那時，印象很深刻的是導遊提到，當時多數的國際航班都在成田起降，而華航因為航權等等問題，被「硬留在」距離東京市區較近的羽田機場。

二十幾年過去了，世界的局勢轉了幾轉，人人都可出國的年代，反倒是松山—羽田這條航線在二〇一〇年啟航了（當年才跑了兩個月財經新聞的我也參與了採訪這則新聞），從此扭轉了台灣與日本差旅、觀光的便利性。

近二十年——至少，至少就說說我自己的經驗吧。我自己交上的那些日本人朋友，他們「交朋友」的習性，是一開始難以親近，但交上了這個朋友，大概是不管每次你去日本、或他來台灣，大家一定會騰出一頓晚餐的時間，好好聚一聚。也不是你非得對他多好，或者甚麼樣的禮尚往來，就是，雙方認定了的友誼，就繼續下去。

然後選在那個會讓一些人不爽生氣，甚至某些國家日期上的「今天」會被消失的，六月四號，給台灣送來疫苗。

台日友好。中國氣噗噗。

朋友是自己掙來的，不是嚇唬來的，我們也漸漸懂得這些道理。

***

在家的時間多了究竟該做甚麼好？

最近羅爸的同學們也都紛紛開始屆齡退休，陸續來問當年提前離開職場的羅爸，說，退休生活該怎麼安排。

羅爸笑一笑，說，其實很簡單。養一條狗，這樣每天睡到自然醒，陪狗子出去散步，傍晚還要遛一次，兩個小時就過了。然後，千萬不要外食，要每餐都自己做。備料，吃東西，洗碗，三餐加起來，四個小時就過了。如果再睡個午覺，再扣掉兩個小時。如果有一小塊開心農場，每天下去玩個兩小時，其實，一個白天就這樣過了。很簡單。

完全待在家裡這幾個禮拜，突然覺得羅爸真的好明智。我會這麼聰明都是遺傳我爸的。並且再次強調我這麼漂亮，都是遺傳我媽的。其實一天，可以過得這麼簡單。

老爸這樣的日子過了七、八年了吧，再怎麼想，封鎖的日子就算過上個七、八個月，理當，也還可以。

我們要相信自己。Taiwan Beer，我也相信你。

***

照顧好自己的個人衛生，盡量不出門，甚至我連指揮中心每天的直播都不太看了。也不看那些疫苗的口水——「Just get a vaccine when you can, and ignore those bullshits on the television.」人在香港的老爺這麼說。他總是那麼穩定，讓人心安。「香港經歷過好幾次封鎖了，你只要保持冷靜就好。」他說。

我說，其實這陣子我就是自己做菜，燒點不同花樣的餐點。他說，這樣很好，然後我們閒話家常，說梅雨，說颱風，說股市。

日子還是這樣在過的。這不會只是幾週的事情，是幾個月。但至少，至少至少，去年政府幫我們擋下來的這一年多時間，讓我們不必撐過那最地獄的——疫苗還不知道在哪裡的黑暗時代。

而這樣的政府要被馬後砲地說，政府「只有」封鎖邊境。

老爺說，那些人都應該閉上他們的狗嘴。

***

而好好地活著，就是對這個世界最好的報復。有疫苗就去打，好好活著。保護自己，好好活著。世界是深淵，而我們是不是沙。最近在家工作，煩躁的時候，我就去廚房，把水龍頭調到僅有一絲出水，然後用Brita濾水壺去裝水。保持進水和出水的平衡。像看著沙漏。看著一整壺1.5 L的濾水壺，裝滿水為止。然後我覺得平靜。

這種平靜，就是對那些希望我們騷亂的人最好的報復。

然後我磨刀。——我後來還是沒有買磨刀石，感謝網友建議，用一口粗底的瓷碗或者馬克杯底磨，就可以了。

***

明天六四，天安門事件三十二年了，也是三十年來香港首次因為「國安法」而不能舉辦維多利亞公園的燭光紀念會。中國的信用在香港已經完全破產。從來只有一國，沒有兩制。

而日本提供的疫苗，將在這天抵達，怎麼想，都有一種惡整中國的趣味。

但不管你是誰——是台灣人，香港人，日本人，我們都要好好活著。再說一次，疫苗有得打的時候，就去打。好好地活下來，磨刀，做菜，吃飯。磨刀，做菜，吃飯。磨刀，做菜，吃飯。把日子過下去，就是對這混亂世道最好的懲罰。

明天六四。而且是星期五，就這樣把日子過下去吧。

我們是勇敢的台灣人。

Dear Taiwan Beer, I miss you. And I hope you do too.

——2021.06.03

要不要來連結一下？

Dear Taiwan Beer：

台灣的COVID-19本土疫情爆發以來已近兩個月，升級至三級警戒的時間，也已超過了一個月的時間。我很想跟你說說話，想念那時我們仍能在酒吧的吧檯上相會的場景。有時，則更想念那些酒水縱橫的場合，在人群之間流動的異樣氛圍，是費洛蒙，是香水，抑或酒喝多了的醺醉。

長時間待在家裡的日子，日子像一道灰牆，窗外熱辣辣的六月陽光像是諷刺著我們的生活，它毫無顧忌地灑下來，而有時也給我們暴雨。暴雨之後則是夏日夜晚的蕭涼——室內的我們面對著手機螢幕，電腦螢幕，電視螢幕，每一道黑色的鏡面都有我們自己的臉，在光亮起來之前，看著赤裸的自己依然是自己，而整個世界依然運轉著。或許我們早就都已經瘋了，或許沒有，有時我打開色情網站，打起手槍，就假裝自己依然活著。

世界是深淵是沙漏而我們是不是沙？Dear Taiwan Beer，你知道活著的難處嗎？

***

也有的時候，我在交友軟體上收到陌生的訊息：「你也是在家工作嗎？」我訕訕答了，「是。」對方接連傳來五個「嘿嘿嘿」，我不知該回甚麼，便放著了。

「要不要來連結一下？」

原來，慾望是不會停止的。生活是不會停止的。從前我習慣在出門前點一根菸，現在則在不能走出的門前看著自己從鞋尖開始燃盡，遠方濕密的霧雨藏有黑細的針尖。

我何嘗不想。然而病毒是不會挑選受害者的，「三級警戒當前，還是謹慎些好。」我傳回訊息。對方竟還不死心，說「那來交換身材照和屌照？」

我便在螢幕這邊愕然笑了出來。

想起去年夏天，紐約市衛生局發布的一份關於COVID-19期間的「安全」性愛指南：自慰不會傳染COVID-19，只要做好前後清潔就很安全。因此自己就是最好的性伴侶。次要安全的性行為是同住者，在現在的情況下，應盡量維持單一性伴侶或減少性伴侶人數。如果是經常性透過網路搜尋性伴侶，或相關的性工作者，這段期間建議暫停，改採視訊約會、線上聊天室的方式進行。

以及，每次使用完性玩具——無論是否與自己的性伴侶共用——務必徹底清潔，乾燥之後安置好。

多麼像我們當下生活的隱喻或者明喻啊。Dear Taiwan Beer。

***

也有的朋友和情人交往多年，早已同居一處。而獨自賃居的朋友，則笑說，「這種時候，就多麼希望家裡能夠有個誰在身邊。」有的朋友養幾隻貓，有的，則有一條狗。有的，更多更多的，跟我一樣，早上起床看著自己，晚上睡覺的時候，還是自己。鏡子裡的那個人，眼睛澀澀的，在睡前自慰，在清晨被自己的勃起軋醒。物理的封鎖也構成了心理的城牆——有的牆，是為了不讓人進來。而有的牆呢？則是不讓自己出去。

Dear Taiwan Beer，究竟是一個人的孤單比較孤單，還是兩個人一起的孤單，比較孤單呢？

我想起去年疫情肆虐全球的時候，每每和海外的朋友或同事視訊，不時會看到孩子或他們的伴侶自鏡頭彼端穿行而過。他們總是帶點尷尬地笑說，哎，和家人一起關在家裡二十四小時，每週七天，還真是不好過。「和我老公成天就是吵架。」「好想把小孩掐死。」「我老婆去遛狗了我希望她遛狗二十四小時都不要回來，拜託。」

時過一年，遠方陸陸續續傳來的消息，則是，「嗨，跟大家報告一個好消息，我們的第二個小孩即將要出生了……」

我們邊恭喜著，邊笑。笑他們沒事在家裡就吵架，吵完架便打炮。如此自然。

我們笑完了便覺得想哭。卻也沒甚麼好哭的，就走進廚房做一頓晚餐。

Dear Taiwan Beer，封鎖以來，除了燒菜，煮飯，工作之外，陽台上的園藝幾乎已成了我面對春夏豔陽唯一的消遣。

年初時埋下的番茄種子，沒幾個月已開花結果。五月中旬吧，我摘採完所有業已紅熟的番茄，並將番茄樹逐一枯萎的葉片枝枒都盡數剪去。留下依然毛絨絨的母株。而現在六月過半，那棵母株竟自翻生葉芽的節點，又生出更多的葉子來——而在葉枝的盡頭之處，它竟又已長出極小極小的花苞，準備要再一次開花結果。

番茄，明明是一年生的草本植物，被剪去多數的枝枒以後，它對於繁殖的強烈的生之慾望依然存在著。

那也是現在的我，所需要的。Dear Taiwan Beer。

***

事情究竟是怎樣發生的？關於疫情，關於封鎖，關於所有自我的質問與懷疑。有時我感到疑問我便拿出環狀阻力帶，試著靠運動清洗這一切的迷惑。然而所謂清洗並無異於逃避，運動完的腦內啡衝擊——時間能讓我們得到快樂，可我們並未稍微停下來討論接著便輪到台灣進入一個晦暗沉眠的月分。二〇二〇年，二〇二一年，冰封的一月，冷酷的二月，融雪泥濘的三月，我們一遍又一遍反覆地洗手。

我們一遍又一遍反覆地洗手。

一遍又一遍反覆地洗手。然後用同一雙手自慰。

Dear Taiwan Beer，這應該是一個猛吃冰淇淋和嘈雜的夏天。它應該充滿酒精，笑聲，與音樂。然而我們聽到葬禮的音樂，看著夕陽落在遠方朦朧的工業區。一個應該充滿親吻與擁抱的季節，我手上拎著鞋子，散步完，一個人走回家。

未來，或許有著更長的封鎖等著我們吧。更荒謬的爭吵，更激烈的情緒，更尖銳的對立，都不會是讓人太詫異的過程。在家上班很讓人崩潰，在家上班的時候小孩也在家可能更恐怖，但好好吃飽每一頓飯還是重要的。無論這場封鎖將有多長，它總會有結束的一天。

——2021.06.27

只要還能煮得出血沫

Dear Taiwan Beer：

台灣本土的疫情接近清零了。每次講到「清零」這個詞我都不免想到男同志的惡趣味笑話——不清零的話會怎樣呢？

「會召喚出黃金龍。」

那時朋友這樣說，我們都笑了。在視訊聊天的這頭，與那頭。而那竟然已經是三個月前的事情了。生活逐漸撿拾回原本樣貌的時候，我和朋友們早已漸漸不在週末時視訊聊天，每逢週末，早晨我會汆燙一組豬背骨，或烏骨雞，下薑片米酒頭，熬一鍋湯。

用一個早晨靜靜地撈取鍋面的血沫，用一個早晨思考，疫情把我們變成了怎樣的大人。

***

「以前可以任性花天酒地的時候，工作起來比較有幹勁。」

今天我跟同事這樣說。

這段日子，上班的白晝我往返在書房與廚房間，做完了早班做早餐。讀資料，打電話，然後做午餐。讀資料，打電話，然後做晚餐。晚餐後去倒廚餘做資源回收，接著回到沙發上成為一顆馬鈴薯。靜靜地發芽，靜靜地，感覺生活裡頭生出些許的毒素令人逐漸麻痺。當然微量的馬鈴薯鹼是不易致死的。

只是令人麻木。它只是令我麻木。

夢想甚麼的都距離太過遙遠，我只是想要從這幾個月的死白與沉默裡頭醒過來。

「你要想想接下來的工作計畫，不用太遠大。」同事這麼說。

我？我只是想要見到我男友。

***

我原以為時間總是能夠造就癒合，這段日子以來，才知道時間——停止運轉的時間，也能夠構成傷害。

這三個多月可說是沒有任何事情發生，但也發生了數不清的事情。我做菜依然還沒切到手，還是沒有屈從自我去滷一鍋肉吃一整週，還是沒有嘗試咖哩，試圖在有限的變化的食材裡頭，在狹窄逼仄的冰箱裡頭悟出一些新的道理。

但生活本身哪有甚麼道理？

某個夜晚，老媽從宜蘭傳來訊息，說「今晚是木星衝，往東南方看看吧，很美。」

我試著關上電視與燈，望東南方看去。

當然那裡只有其他的樓房，沒有木，沒有星。也沒有衝。

衝甚麼呢？

我始終只是在同一個屋房裡。

***

Dear Taiwan Beer，

警戒降級之後，我開始回到街上行走。開始找回身體，找回自己。發現那些原本以為會一直開著的燈熄滅了。那些原本一杯接著一杯的吧檯，竟開始賣起了雞翼，披薩，炸物甚至滷味。

「姐，怎麼辦？要失業了。」五月十四號那天的晚上，經過常去的酒吧門口，管吧檯的小弟衝出來喊。

七月底，經過同一家酒吧門口，他笑咪咪地說，幹快窮死了只好出門賣披薩。

能怎麼樣呢？

這是我們的小日子，這是我們的大時代。

***

能夠學會喝酒吃肉真是太好了。我和小（酒）學（肉）同（朋）學（友）這麼說。

「又何必生在帝王家？」

嗯……如果能夠嫁入帝王家，那也是不錯。

我們不要否認人生任何的可能性。三個月以前，我也還不知道老媽會在沙發上看一整天的日劇，等著我辦好午餐晚餐，喊開飯開飯。

許多事情發生了。也有許多的事情尚未發生。Dear Taiwan Beer，你理解我的意思嗎？

很快地，週五又將到來了。平素時分，又即將是花天酒地喝到天亮的週末時光，但是這個時候，我感覺平靜，平靜而麻木，無謂，而又乖僻。

我打開冰箱，看著牛腱肉，豬背骨，秋葵，茄子，鯖魚，和糯米椒。

——週末要煮甚麼好呢？

Dear Taiwan Beer，沒有關係，生活的死水裡邊，只要還能煮得出血沫，一切就會慢慢好起來的。我這樣跟自己說。而我相信，你也是希望我這麼對自己說的。

Dear Taiwan Beer.

——2021.08.26

2022=2020, too

這二〇二二要過完了，那天在WhatsApp上跟老爺說著話，「還真是怪異詭譎的一年。」

他在海的那頭，靜靜地回了一句，「只要我們的家人朋友們此刻都沒事，就稱不上甚麼怪異詭譎。」

說得也是——只要我們身邊的家人朋友都平安。

他總是這樣，輕輕淡淡地說了句話，就抹去了我的焦慮我對前方尚不知道會發生甚麼事件的各式大小煩惱。只是快要兩年沒見了，只是想念。當然是想念，也不需要有別的情緒。COVID-19就是我們這一世代人的世界大戰，分離家人，分離情人，分離朋友。

眼看著二〇二三就要來了。

***

台灣進入三級警戒的那幾個月，我終於學會了做菜。

這樣挺好的，有時候就是拉開冰箱，看看老爸老媽又從宜蘭送上來甚麼鮮採的蔬菜，用蒜炒、蔥爆都好，豬骨燉妥妥的高湯變成了每個週末最好消磨時間的法門——當然，還有啤酒一罐、Netflix一個下午，就成了。湯煮好了，可以放個三、五天，炒菜、做蒸蛋、配扁食麵都好。

也兼去有機超市買菜買肉，後來發現肉品還是市場口的肉攤最為便利又好吃。有時買牛肋條、有時買牛腩，有時則是牛五花。變化著，做壽喜燒，做紅燒牛腩，做油煎牛肉丁，丟一些百里香碎葉下去就香氣噴人。澱粉類有時煮麵，有時則電鍋一鍋飯，宜蘭米或花蓮米都行。

那幾個月——真真切切覺得，一個人的生活所需要的竟然那麼少。而宜蘭家裡的一片小小農田，可以生出的瓜果蔬菜竟是那麼地多，按照季節一路過去，四口之家是怎麼也不可能完全吃完的。苦瓜的產季到了，就做苦瓜排骨湯，做苦瓜封肉，做苦瓜燉牛肉。一日三變換，這樣很好。絲瓜則可以炒蝦米，炒干貝，配飯吃一下就吃完。

生活所需，就是三餐飽食，追劇睡覺，也不用去爭搶甚麼。

於是開始給自己想像接下來的人生——是不是要搬回宜蘭？是不是換打個清簡一些的工，

這樣想像著，在疫情封鎖城市的時間裡頭時間很快過去。我像一隻螞蟻被困在自己給自己建造的迷宮裡頭，看著前方的蜜露滴滴淌淌，我還是去吸取它了很多事情畢竟不是那麼容易放下的。

＊＊＊

今年全球股市多半走揚，全年度全球ＩＰＯ融資額度較去年大增了81％，上市案件數量則較二〇二〇年成長了51％。流動性增強的市況讓投資人更願意參與投機式的操作——你看看貨櫃海運，就算有人難免滅頂，還是有人一帆風順整路就站在浪尖上。儘管也有人說，那船上載的還是滿滿的韭菜。

有的韭菜跳船了，有的沒有。

另一廂，中國企業在美上市遭到監管風險與地緣政治緊張的雙重打擊——不合規，就退市；而中國證監會也透過政策引導在美上市的企業「回港」上市，或甚至直接回歸滬深Ａ股市場。只是，連「微博」回港上市首日就跌掉7％，接下來的中概股「返家旅程」只怕難以讓人看好。

隨意算了一算，今年我的資產總報酬率大概是11％—12％吧，比去年22％—23％遜色一些，散戶要做，其實就是老話一句「buy and hold」，然後就睡覺。

睡覺對每個人來說都是最重要的。跟吃飯大便尿尿一樣。

***

香港的立法會選舉對港人來說，是個假投票。「僅有愛國者可以參選」像是放屁。誰是愛國者？當然是「他們」說了算。都是放屁。這樣的二〇二一，也就即將過去。

台灣也有投票。四張背後給國民黨用來當作擾亂施政的公投票，沒有一項得到通過，國民黨在自己設定的議題、自己設定的戰場、自己設定的玩法，被全數殲滅。真的好爽。但民主就是這樣，你要能夠為自己的施政辯護，而只要說得夠清楚、夠簡單，我們對這些原本應該是專家決定的公投題目，就能在一次次的論辯當中，慢慢擁有自己的想法。這就是公民的參與。

而台灣始終不是中國的一部分。

***

但這疫情還沒結束——說個笑話，二〇二二的英文發音唸起來，其實也不過就是「2020, too」。

今天晚上又要去運動了。運動治百病，治失眠，治筋骨痠痛，還兼治酒量差。把每一天每一天過好，就沒有甚麼是怪異詭譎的了。而我還在想著他，想著去年二月我們去了斯德哥爾摩、並且在倫敦說了「bye bye」的那個早晨。當時還不知道這一別就是兩年，但我們也沒甚麼變化，或許各自老了兩歲，可還是細細密密講著市場，講著「哪一天也都可以做點短線的交易」然後發笑的時刻……

二〇二一要過完了，你過得好嗎？我過得，算是還行吧。

只是我想你了。……而縱然這思念起來總是讓我感到毀滅，我仍每天這麼看著香港，想著你。

這終究是個怪異詭譎的年頭啊。Dear W。

——2021.12.27

蓋特威機場那杯Gin & Tonic

二〇二〇年二月十五日的晚上，我在倫敦Gatwick機場托運了行李，走進航廈的候機室。第一件事情，當然是尋找酒吧。那時，還不知道接下來十三個多小時的航程，會是其後兩年時間，我唯一能夠搭乘的國際航班。

當時，酒吧的小哥給我點了酒，大約是循例一般，問著「Travel alone? Where you're heading for?」

「Home.」我說。

那時候當然也不會知道，這杯The Botanist Gin & Fever Tree Tonic，會是近兩年來最後一杯在台灣境外喝的酒。

***

兩年了。國界封鎖的時間像是給我們這一代人習以為常穿梭疆界的生活方式按下了暫停。兩年的時間對我們來說或許並不長，或許，也不過就是從三十幾歲，變成了三十幾歲。五十幾歲的人，變成五十幾歲。然而時間暫停這件事情是可以被習慣的嗎？

兩年以來我竭盡全力懷疑自己——或許我們都是——我懷疑自己所擁有的這份工作，每天上班下班，接電話打電話，回答著我亦不十分確定的問題，看著市場典範的轉移，等待著下一隻黑天鵝飛進無涯的池塘裡掀起過幾日就會平息的漣漪。當初有這份工作其實都是為了他。

他說，你要有一份好的工資，有一個你討厭的工作，讓你下班之後就可以完全不去理會它。

然而當國境關閉這與病毒的無止境的賽事延長又延長，我們再不像往常那樣三兩週就出現在同一家餐廳的吧檯上說笑，開始我會懷疑：這是我所希望的嗎？此前我曾經說，關於生活他不曾安慰我，因為他本身就是安慰。

但若無法見面，彷彿連這樣的說詞對自己來說都變得像是個蒼白的謊言。

兩年了。世界巨變著。

那日聊天的時候我跟他說，雖然這日子實在是太奇怪了，但至少市場讓我們有些不錯的財務回報，如此就覺得，好像還行吧。

他就笑。笑起來也不知是真。還是只是想要給我些安慰。

苦中作樂本來就是必須的。如果苦的時候，還不能有些笑的理由，那麼世界還是趕緊毀滅吧。

***

日子過著過著，歐洲許多國家逐漸開放了邊境。兩劑三劑疫苗接連打了，感染數還是怵目驚心地高。從量變，到質變，幾年間，一萬多的累計感染數在台灣已經讓人逐漸痲痺，也不過去年而已，印度一日的感染數三、四十萬我們感到沉重，今年呢，美國一日高達九十萬的感染，我們說，噢，Omicron wall。

然後一切都變成只是數字。日子繼續在過。

如果不只是把感染變成數字，日子要怎麼繼續過下去？

美國的朋友們回報著訊息，我感染啦，家人感染啦，朋友感染了。我痊癒了，家人痊癒了，朋友們，也都痊癒了。當然，也有些人死了，那大概也是沒辦法的事情。大概，也是沒辦法的事情。

日子還是要繼續過下去的。

***

而即使是嚴守最縝密邊境封鎖的日本，也在今天決定要逐步鬆綁邊境的管制了。有時候我想，如果為了見到他，就這樣把邊境打開吧。世界變成怎樣或許都不關我的事了。

原來CLAMP的《X》說的，就是這樣的心情。

因為未來還沒有決定好。但如果你有一個最重大的願望，得用世界末日去交換，你會怎麼選擇呢？

我的答案，大概會是比較自私的那一個。

但那也是沒辦法的事情。

***

今天和媽媽聊天，媽媽說，住樓下的阿姨說她快七十幾歲啦，邊界再不開，以後要出國也玩不動了。阿姨們像是說了一個笑話。又苦苦的。還有那個誰誰誰，兩年沒見到孫子，再不見面，也抱不動囉。家庭的聚合離散，如此簡單，如此艱難。這兩年，許多人轉個身，沒了，說好下次的見面，也就沒有下次。

有時候，對一些人來說，是那麼小的願望而已。

理智上可以那麼簡單，但也只能等待。

而等待總是讓我們感到毀滅。

＊＊＊

我一直記得，二〇〇九年的那個夏天。他在海的那邊傳了訊息來，說，遠距離不是很簡單的事情，但我會努力做到。我會一直等等等等著你。

我們一直都好努力了。我也一直等著你。

直到能夠再見的那一天我會讓你點三杯vodka martini，讓你喝到變成一個小孩，連四百公尺的距離我都會同意你的任性讓你搭計程車。讓你隨意地說沒有要跟我結婚。然後窩著我說，「好啦，羅毓嘉，你喝醉了。」

一切都會沒事的。

直到我們能夠再見面的那一天。我也會一直等等等等，等著你。

哎。真是，我想你了啊。真是想你了。

讓我喝一杯吧。Dear W。

——2022.02.06

疫情將大規模展開

Dear Taiwan Beer：

陳時中今天說，「疫情將大規模展開。」這是台灣本土病例單日紀錄得近兩千四百例的日子。有些企業再次展開分流上班，街頭上下班的人潮或許少了些。但餐廳依舊開，有些人依然在健身房揮汗，上班區域午餐時間的小吃店，還是人滿為患。

有那麼一瞬間，我真的要以為，台灣已經全面性地接受了「與病毒共存」的未來了。

你準備好了嗎？接下來的故事大抵會是這樣的：你我身邊會開始有同事、朋友、前幾天跟你碰杯喝酒的人確診。你會被匡列。被要求自主管理。你的生活會不可免地受到某種擾亂，會必須在上班時間接到電話就去接小孩回家下課，然後全家快篩。或許，你會成為確診的那數千數萬「統計」當中的，之一。或許。

會有各種或許，各種不確定。

***

今晚去運動。蹲了幾組百來公斤的move。我問教練，你們從業人員還需要每週自己做快篩嗎？他笑笑說，打完兩劑疫苗之後就不用了。而他準備下週去打第三劑疫苗。他又說，哎呀其實我們上課全程都戴著口罩，其實應該風險算低，日子還是要過。

我跟教練說，香港，明天，四月二十一日，是睽違了三個多月之後，香港食肆終於可以開放晚市的日子。是香港健身房可以重新開啟的日子。是當地本土疫情「終於」降至單日六百多人之譜，這樣的日子。花了三個多月。據悉整個香港包括統計之中，統計之外的感染者約莫在兩百萬之譜，占全城人口約莫三成左右。

教練挺驚愕的，說，三個多月不能開的健身房，那從業人員的生計怎麼辦？

去年台灣健身房全數關閉也不過兩個月時間。他說那時候自己等於完全沒有收入，心慌。真是慌。

但也沒能怎麼辦。

然後教練說——可是永遠不開也不是辦法。這時，他說的是台灣。他說，「你不覺得這樣每天一兩千、一兩千的感染數字，還是太慢了些嗎？」說穿了，很簡單，我們必須有許多人被感染——如果用保守一點的紐澳感染人口數比例，大概是三百萬人左右，而激進一點的設算方式，拿香港來說，則要七百萬人感染，才算是達到Omicron wall之後的階段。

有許多的我們必須被感染，然後這個社會，才有康復的本錢。「或許台灣也就趁著Omicron衝一下，然後就有開放的本錢了。」現在說出這樣的話，算是樂觀，還是悲觀呢？

老實講我真不知道。

家裡有高齡老人的人或許不能同意。家裡有兒童的，或許不能同意。這疫情，就是考驗著我們對於交出「自由」這件事情能夠到甚麼程度的思索與辯證。考驗著封閉國境與經濟發展的技術拿捏。考驗著我們，「可以自私到甚麼程度」，乃至「願意為保護他人放棄自己的自由到甚麼程度」，這樣的思索。

＊＊＊

陳時中今天說，「疫情將大規模展開。」而這些日子，我也開始陸續聽說有些朋友，中了。在家休養。那也沒甚麼。歐洲的美國的朋友早就給我們演示過一遍。希望疫情發展得再快一點，讓台灣跟世界在產業在旅遊在「生活」上重新接軌；也同時希望，疫情發展得再慢一點，讓今天甫出爐的兒童疫苗接種指引，可以照護到更多還沒有機會接種疫苗的孩子們。

快一點，這樣生活就能完全恢復正常了。慢一點，讓快篩試劑的普及化像那時候的口罩國家隊一樣，得以支援快速成長的感染人數。

這些想法都對也都值得我們拿捏。但最終最終，台灣總是要開放的。即使不是今年，也必須是明年。

大半個世界都回到二〇二〇年一月的「那個狀態」了。

我們呢？

***

過去這一年我們打了許多劑疫苗。我們習慣了在吃飯前用酒精噴一噴自己的雙手。我們習慣在大眾運輸與公共場所戴著口罩。我們如此順從。因此尚能保持康健。我們之中，有許多人的身體已經為遲早要到來的Omicron wall準備好了。現在的問題已經變得非常簡單——我們的心，準備好了嗎？

不害怕，不恐懼。相互照顧。準備好，為居家隔離照護的確診家人與朋友，送上所需的物資。等待他們康復。或許，也等待自己確診的那一天，接受他人的照護。

如果我們準備好了，那答案或許已非常清楚。

從二〇二〇年二月就被按下pause的時間啊，總歸是要重啟的。

無論過程與結果如何，Dear Taiwan Beer，讓我們一起把這段路走完吧。

——2022.04.20

五月二十四日

今天是五月二十四日。人生當中有很多巧合。昨晚夢見老爺，夢到台灣海外入境人士的檢疫措施已降至0＋7天，夢見老爺來台灣找我吃飯喝酒，找我要訂一間在Google Maps上找不到的義大利餐廳。我們開了一瓶白酒。然後吃飯，說笑，就像過去相見的週四週五晚餐那樣。

醒來之後，眼眶濕濕的。挺想他的。但還是要上班。今天是五月二十四日。工作挺忙的，早上到下午接連著開了幾個會，中文英文切換著頻道，其實我還是挺習慣英文的研討會就直接聽英文的。忙著忙著，忙完了說我要去做午餐，老爺就說，「啊對，你最近在家上班。」一忙著，下午又把手邊幾個稿子處理完，丟出去。收到朋友在今天結婚的訊息，今天是五月二十四日。這才一拍額頭，想起，《司法院釋字第七四八號解釋施行法》竟然就這樣施行滿了三年了。有許多朋友結了婚，有些離了。都挺好，或許大家更能面對，自己要的究竟是甚麼了。

其實我沒跟老爺說昨晚夢見他的事。或許也不需要。日子這樣過下去，國境總有一天會開的。昨天看到朋友貼了一則短文，說愛情啊這件事情，是「那些甜言蜜語都不算數，只要兩人花上了時間來相見，那才是真切的」。希望疫情趕緊過去，國境恢復開放。然後我們會乘噴射機相會。

兩年多的未曾相見，說對這心靈沒有傷害是不可能的。不過我們還是等著。屆時機票買了，去哪裡，都好。或許去到你的心裡吧。

或許也不是。我已經在你的心裡。而你也一直都在我心裡。

今天是五月二十四日。

——2022.05.24

始終都能跟著你

一年過去。又到了他生日。人在柏林，想著沒辦法陪他過生日也至少要給他買點甚麼。時間很快，他生日的這幾天，臉書不斷跳出二〇一六年三月的照片與文章，就在我新書出版前後，他願意走進鏡頭的時光，如同他當初願意走進我生活的時光，如此一年又一年過去。

我說我在柏林逛了逛，還沒決定好要給你買甚麼禮物。

他說，沒那個必要。都過了這麼些日子，如果你沒有照顧好你自己，做些別的事情都沒有太多意義。

你不要在凌晨打電話給我說生日快樂，我今天晚上去了健身房，要睡覺。他說。

我說我會給你傳個訊息。他說你好好享受柏林。

就這樣我們又一起過了一整年。過去這年生活有些變化，說大不大，說小也不小。我跟他一起去了他香港朋友的婚禮，如同之前他飛來台北，參加我朋友的婚禮。他去了他朋友的葬禮。我去了幾場自己朋友的婚禮。我繼續去香港出差，而他繼續飛來台北過週末。在機場快線站在計程車旁他挽著我的手，說你要好好照顧自己。

他說有時候你讓我那麼擔心。

這麼多年了。那時候他都還沒四十而我也還沒二十五。在他眼裡我一直是那個貪玩的小孩讓人掛念，而終究生活沒有讓我們變成彼此陌生的人，我依然是我，而他依然是他，他總會在我飛到香港那日在廚房裡忙上一整天，煮一桌菜，開一瓶酒，他吃了幾口就說你要把這些菜吃掉。你要吃多一點有時候我看著你覺得很累，氣色很差你不要先死。

你要照顧自己。

我說我會。他說你知道就好。你知道我在說甚麼，你要戒菸啊。

講了這麼多年我畢竟沒有真正戒菸過。但他罵罵咧咧，喝酒到一半就說羅毓嘉你去買洋芋片，然後指著我那些會抽菸的朋友說，你們陪他去好了，不要讓他偷抽菸啊。偷抽菸我打死他。他說。時間。漸漸演變成兩個人相處的默契與習慣，他說，在一起這些時候了，不用買禮物了。而每次見面他總是戴著二〇一四年我買給他的那只鐵灰色皮手環。他老是說他沒有要跟我結婚，有些話呢，則是他從沒說過的。

這麼多年了，讓日子繼續生活繼續，始終都能跟著你，我已別無所求。

——與W的每一天

【代後記】

DKLM

元宵還沒完，其實就還是過年。他除夕忙了整天燒菜，再是初二家姐聚餐，整個年他有大半時間就泡在廚房裡。他說，「做菜很累人的。」我出差抵港多是禮拜天晚上，原本跟他說，如果燒菜太辛苦，我們今晚就出去吃吧。

那時他不置可否，當天早上傳來訊息，說晚上七點，還是就在家吃吧。

原來是他三個姐姐都在，整了一桌五個菜，雞煲、脆皮燒肉、豆腐肉碎、茄子、鮑魚。吃到一半他說欸你們先聊啊，我去蒸魚。端上了桌他先是說，喂你先吃條魚啊。蒸好的魚要先吃，那魚幾個小時前還在游水的，趁熱。蒸魚最講火候，端了出來星點石斑，嫩極。

他不太動筷子。說是煮飯的人沒可能有食慾的，太熱了。我說你不吃多一點？他回我，你下次煮一桌給你爸媽吃就知道。

喝著凍透的白酒，他喝完了咳。我叫他不要喝這麼快，你都是每次咳，喝那麼冰。

他又擰了魚頭放到我面前說，欸，你的。吃完了魚他趕我說，好啦你明天要上班趕緊去休息，我要去洗碗。

燒菜真是辛苦的活兒。但日子這樣在過，每度我到香港的第一餐，等著我的，總是幾碟他親力炮製的拿手小菜。每度每度，幾週沒見，飯桌上聊著朋友們的近況，又問，你跟誰誰誰和誰誰昨晚喝到幾點？看你們一副準備好的樣子都知道，不會吃完晚餐就回家。哈哈。他說要配白飯嗎？裡面電鍋有一大鍋飯。扒完了飯，他細細挑著魚骨邊的肉說，你再吃吧。

吃得好飽啊。每度我抵港的日子總是這樣。像儀式，像習慣。是默契也就不用言明。

而我在台北的時間，每天每天想念的總是那條蒸魚。

***

你是台灣人吧？

回公司公寓的地鐵上，座位旁邊有兩個空位。一對夫妻帶著個小男孩走進車廂，女的牽著小的坐下來，我便往再旁邊的座位移過去，抬起臉對那男的笑了一下，示意他趕緊跟老婆小孩坐一起吧。他點了點頭，回以一個微笑，卻說的不是「唔該」，而是說了國語的「謝謝」。大概看我挑了眉毛頗有些詫異，他說，你是台灣人吧？只有台灣人這麼客氣有禮貌。謝謝你。

近幾年來，幾次跟朋友們吃飯，大家話題不脫香港的逃犯條例，再是國安法。都問，「你以後會不會去香港找你家的熊，然後就被消失了呀？」雖則我總是笑笑地說，中國政府盯我這個小人物做甚麼？

我只不過是個同性戀而已啊。

但我支持台灣獨立，唯一支持蔡英文。

有甚麼事情是能夠獨立於政治而存在的呢？我相信沒有。你最好也相信。香港這座城市，一座唯物之城，將資本主義發揚光大的亞洲世界之城，倘若有錢賺，很多時候甚麼道德準衡是非黑白都可以暫時放在旁邊，一概不管。聽起來很熟悉是不？政治零分，經濟一百分。

這樣的香港。可是反修例遊行那天，有一百零三萬人如切葉蟻的行伍，流過整座香港的街頭——熊當然也去了，他在臉書上貼了一張大樓邊角的掛示，那兒寫著，「捍衛免於恐懼的自由 反送中 抗惡法 人人有責」。有人說，這樣去擴大解釋中國會胡亂羅織罪名、入人於罪，而汙衊香港這項修法完全是為中國逮捕政治犯量身訂做，是對中國的偏見，以及對一國兩制的不信任。

對這就是偏見這就是對中國的不信任。你問我為甚麼不信任，你為甚麼不去問那些被中國「消失」的人們？

仆街。

於是港人們浩浩蕩蕩地遊街去了，為了一個可能無法改變的未來，為了不斷被緊縮的自由，為了不因種種可能因政治因素無限上綱的逃犯引渡條例而恐懼的自由。你看看那一百零三萬人的所謂「民意」，再看看港府態度強硬依然要將修正條例付諸二讀的回應。

再來問我，香港人在擔憂甚麼。

***

香港這座城市是這樣——它高度的金融自由提供了無數灰色的管道可以洗錢，可以讓高官巨賈隨意安插兒女任金融高位，近乎一切都可以買賣，可以從任何事件中套利。人人或有錢賺。可昨天的遊行，結論很簡單，失去自由的恐懼乃高於一切。

就算在最為寬鬆的條件之下，都姑且不論語焉不詳的叛亂、煽動民族等等罪名好了，《逃犯條例》依然涵蓋了刑事犯和經濟犯、金融犯的引渡。

而在習近平統治之下那個「從未打算讓中國司法獨立」的國家，看看他們是如何以經濟犯——打貪打腐——的名義，整肅了一切的政敵。

金融經濟，可以是無比政治的。能說。

香港現在的下場，可能就是你們國民黨想要的一國兩制，熊說。

而一九九七才不過是過了二十五年，馬照跑舞照跳的五十年承諾過了一半，二十年前誰會想得到，香港已經成為現下這副光景？二〇一四年以降的五年之間，兩波巨大的民意浪潮，尚未能夠撼動港府吃了秤砣鐵了心的決定，尚未能夠撼動北京一步步收緊對香港控制的意志。

＊＊＊

香港走的這條路很難，但我們依然要相信香港總有一天，可以有所改變。然後絕對不要信任中國。絕不要信任所謂的一國兩制。從來就只有一國，沒有甚麼兩制——

曾有一位，台灣的總統擬參選人，他的造勢大會上群眾激昂地唱起了〈中華民國頌〉、〈國家〉，唱道沒有國哪裡會有家，是千古流傳的話。

這話只對了一半。

如果你的國家是中國，它可以因為你說了甚麼，就讓你沒有家。

＊＊＊

「那是人家的法律人家的規定，管好自己別去碰那些敏感的話題就好。」有時，也看到有人這麼說。我靜靜地讀著，邊看著新聞四處傳來，香港人依然遊街去了，打著游擊，而有人因為收著青天白日滿地紅旗而被逮捕。有人在微弱的燈火之中喊著明知不可為而為之的口號，而有一些人，用更大的聲音，說，「收聲啦。」你安靜就好了。

收聲。別發出任何聲音。安安靜靜地過日子，安安靜靜地賺錢，國家就不會來碰你，不會傷害你。收聲啦。收聲就好。

但偏偏，偏偏這就是他們所想要的——他們要你不要有任何令他們不開心的主張，任何會傷害他們那脆弱無比情感的標語，旗幟，與意見之表達。對他們而言，一切的話題都是敏感的。一切的反抗都是非法的。而他們用一部甚至不知合理性在哪裡的法律，超越一切，告訴你，這一切都不被允許。

那就是他們所想要的。希望我們刪去網路上曾經發表過的意見，要我們告訴自己「香港是不能再去了」，要我們「管好自己」。要我們，「別去碰觸那些敏感的話題」。

如果我們不知道白色恐怖之所以恐怖，很好。現在中國正在香港幫我們每一個人重複一次台灣曾經有過的歷史。而我們曾經以為——網路的訊息交流可以讓人們更靠近真相，靠近真實，但他們就這樣告訴我們：「你連思考都不被允許。」那並不是甚麼今日香港明日台灣，而是——昨日台灣，今日香港啊。

你有聽過豬被殺之前的慘嚎嗎？豬被殺掉之前，尚且懂得淒厲地喊上一回。而今，我們連喊叫的資格都不被他們所允許了。

「你思念香港了嗎？」朋友這麼問我。

我說，這時節，也僅能想念了。

而我依然非常想念他。卻覺得無比毀滅。

***

讓我們談論政治——上班時間，我跟熊說，你要小心自己。熊說，我已經在辦公室，港鐵香港站似乎已近封鎖。

而那時候不過早晨七點半。

接下來的一整天，發生了甚麼事情，大家都知道了。鋼鐵柵欄，胡椒噴霧，橡皮子彈，全副武裝荷槍的警察，將棍棒與子彈投向了市民。再早一些，那些「和平車禍」的轎車、貨車、城巴阻塞了靠近政總的所有幹道，熊說，有些有樓係香港人身分象徵，如果用到第二貴重財產去表達不滿，其實真的憤怒了。

熊說——「致所有親愛的台灣朋友，國民黨認同的一國兩制，就在香港，展現在你眼前！我從來都不太講這些，但我是真的要說出來。」

我跟他說，看來今晚又是一個不成眠的夜晚吧。

熊用他一貫淡淡的語氣說，看來會是個不成眠的月分。或許好幾個月。

他說一國兩制已死了。我說，至少也是破產了。

死了。熊說。

跟他一起十多年的時間，他很少這麼斬釘截鐵地議論政治。像是二〇一四年的深秋，雨傘革命的核心時分，他走上街頭，說港人要的就是民主，他想要的，是民主。也沒有其他。

只是有時想起香港想到熊的臉龐我會突然微笑。想起台北，想起香港的民主我笑完了便想哭。

那年他說，我們在討論革命，你不要老是講那些小情小愛的事情。

而這年，他說，用槍射一般市民，其實有甚麼愛香港。

讓我們談論政治。上班時間，我跟熊說，你要小心自己。而我沒有口罩，沒有護目鏡。沒有雨傘。我甚至不在香港街頭，與他一起。我只是寫著一本不知道有甚麼鬼用的詩集啊散文集啊。我又跟熊說了一次，或許兩次三次，你要小心。他說，經過了二〇一四年大家已經知道這是怎麼一回事。一國兩制已死。

DKLM。屌佢老母。

當我們談論政治。最後都是這樣一句粗口。人民在恐懼甚麼？或許不盡然是恐懼，而是希望，讓港人願意孤注一擲，與之抗爭，與之戰鬥。

讓我們談論政治在還有政治可以談論的時候。這個無詩無歌的大時代，我們將談論政治。

【新書分享會】

《阿姨們》
羅毓嘉 著

2022／11／12（六）

時間｜下午三點

地點｜金石堂汀州店（台北市中正區汀州路三段184號）

洽詢電話：(02)2749-4988

*免費入場，座位有限

國家圖書館預行編目資料

阿姨們 Unorthodox Aunties／羅毓嘉著.——初版.——臺北市；寶瓶文化事業股份有限公司, 2022.10
面； 公分,——（island；321）
ISBN 978-986-406-322-2（平裝）
863.55 111016055

Island 321

阿姨們 Unorthodox Aunties

作者／羅毓嘉

發行人／張寶琴
社長兼總編輯／朱亞君
副總編輯／張純玲
資深編輯／丁慧瑋　編輯／林婕伃
美術主編／林慧雯
校對／張純玲・劉素芬・林婕伃・羅毓嘉
營銷部主任／林歆婕　業務專員／林裕翔　企劃專員／李祉萱
財務／莊玉萍
出版者／寶瓶文化事業股份有限公司
地址／台北市110信義區基隆路一段180號8樓
電話／(02) 27494988　傳真／(02) 27495072
郵政劃撥／19446403　寶瓶文化事業股份有限公司
印刷廠／世和印製企業有限公司
總經銷／大和書報圖書股份有限公司　電話／(02) 89902588
地址／新北市新莊區五工五路2號　傳真／(02) 22997900
E-mail／aquarius@udngroup.com

著作完成日期／二〇二二年八月
初版一刷日期／二〇二二年十月
初版一刷+日期／三〇二二年十月二十七日
ISBN／978-986-406-322-2
定價／三六〇元

AQUARIUS 寶瓶文化事業

愛書人卡

感謝您熱心的為我們填寫，
對您的意見，我們會認真的加以參考，
希望寶瓶文化推出的每一本書，都能得到您的肯定與永遠的支持。

系列：island 321　書名：阿姨們 Unorthodox Aunties

1. 姓名：＿＿＿＿＿＿＿＿　性別：□男　□女

2. 生日：＿＿年＿＿月＿＿日

3. 教育程度：□大學以上　□大學　□專科　□高中、高職　□高中職以下

4. 職業：＿＿＿＿＿＿＿＿

5. 聯絡地址：＿＿＿＿＿＿＿＿＿＿＿＿＿＿＿＿

聯絡電話：＿＿＿＿＿＿＿＿　手機：＿＿＿＿＿＿＿＿

6. E-mail信箱：＿＿＿＿＿＿＿＿＿＿＿＿＿＿＿＿

□同意　□不同意　免費獲得寶瓶文化叢書訊息

7. 購買日期：＿＿年＿＿月＿＿日

8. 您得知本書的管道：□報紙／雜誌　□電視／電台　□親友介紹　□逛書店　□網路

□傳單／海報　□廣告　□瓶中書電子報　□其他

9. 您在哪裡買到本書：□書店，店名＿＿＿＿＿＿　□劃撥　□現場活動　□贈書

□網路購書，網站名稱：＿＿＿＿＿＿＿＿　□其他＿＿＿＿＿＿

10. 對本書的建議：（請填代號　1. 滿意　2. 尚可　3. 再改進，請提供意見）

內容：＿＿＿＿＿＿＿＿＿＿＿＿

封面：＿＿＿＿＿＿＿＿＿＿＿＿

編排：＿＿＿＿＿＿＿＿＿＿＿＿

其他：＿＿＿＿＿＿＿＿＿＿＿＿

綜合意見：＿＿＿＿＿＿＿＿＿＿＿＿＿＿＿＿＿＿＿＿

11. 希望我們未來出版哪一類的書籍：＿＿＿＿＿＿＿＿＿＿＿＿＿＿＿＿

讓文字與書寫的聲音大鳴大放

寶瓶文化事業股份有限公司

（請沿此虛線剪下）

廣　告　回　函
北區郵政管理局登記
證北台字15345號
免貼郵票

寶瓶文化事業股份有限公司收

110台北市信義區基隆路一段180號8樓

8F,180 KEELUNG RD.,SEC.1,

TAIPEI.(110)TAIWAN R.O.C.

（請沿虛線對折後寄回，或傳真至02-27495072。謝謝）